3

Satoshi Wagahara
Illustration ■ Oniku

和ケ原聡司
插畫 ■ 029

打工吧★魔王大人

Kadokawa Fantastic Novels

序章

夕陽沒入遠方山脊，淡紫色的薄暮正不斷轉濃。

一道嬌小的身影在距離街道遺址不遠、高度及腰的草地上晃動。

「真是的，若用飛的一下子就能到了。」

從看不見的人影自言自語的聲音可得知，那是一位女性。

「用飛的會被發現，用走的也會被發現。這世界變得還真是麻煩呢。」

像是為了避免被周遭的人發現般，人影一邊注意前方的狀況，一邊慎重地前進。

最後總算看見了一面連綿不絕的木牆。

「動作還真快。明明才過一年左右呢。」

女子在牆上發現一個以五片圖案組合而成的十字架。

那是代表東西南北四塊大陸以及中央大陸的世界地圖——五大陸聯合騎士團的徽章。

五大陸聯合騎士團是過去為了對抗蹂躪世界的魔王軍，聯合了聚集在勇者艾米莉亞旗下所有人類世界戰力建立起來的組織。

由於中央大陸已遭魔王軍毀滅，因此該組織目前正負責支援當地的復興政府。

既然掛了那個聯合騎士團的徽章，就表示應該是為了限制別人進入某處，才會設置這道不斷延伸的牆壁。

隨著天色急速變暗，殘留在「那個場所」的黑色氣息，早已從視線範圍外散布到中央大陸的各個角落。

魔王城。

那不但是入侵安特．伊蘇拉的魔界之王撒旦居住的城堡，同時也是魔王軍侵略的橋頭堡。

據說過去看過這座城堡後還能活著回來的人，就只有艾美拉達．愛德華、艾伯特．安迪以及奧爾巴．梅亞這三位勇者的夥伴而已。

艾米莉亞與撒旦消失後，聯合騎士團在中央大陸對魔王軍餘黨進行了大規模的掃蕩作戰。

失去了撒旦以及最後的四天王艾謝爾，過去屢屢讓人類陷入苦戰的魔王軍彷彿謊言般頓時化為一盤散沙，讓聯合騎士團只花了一年多的時間便將主要餘黨討伐完畢。

不過，中央大陸至今依然零星地傳出由殘存惡魔引發的事件。

聯合騎士團將掃蕩作戰的最終目標定為「摧毀魔王城」。

為了稱霸安特．伊蘇拉，魔王軍在位於世界中心，同時也是中央大陸最大貿易都市的伊蘇拉．聖特洛建立了魔王城。

那座在都市被侵略瓦解後一夜之間現身的城堡，規模甚至遠遠凌駕西大陸聖地聖因古諾雷德的大神殿，以及聳立於東大陸大帝都的古城「蒼天蓋」。

城堡內部既寬廣又錯綜複雜。即便到了現在，諸如地下牢房內仍堆滿了死在惡魔手裡的中央大陸人屍骨、夜夜都有亡魂四處徘徊，或是惡魔餘黨棲身於此等謠言依然不絕於耳。

讓如此不祥的城堡就這樣留在世界中心，不但有損復興的士氣，同時也非常地不吉利，因此早有大批騎士團成員為了拆除魔王城的工程而進駐城內。

不過由於接連發生原因不明的神祕現象，再加上疾病蔓延與魔王軍餘黨的抵抗等影響，導致工程遲遲沒有進展。此外，完全排除魔王軍的影響後，眾人針對究竟該由東西南北哪一塊大陸來主導中央大陸的復興這點，也遲遲無法達成協議，結果只能像現在這樣圍起牆壁禁止一般民眾進出，讓騎士團在政治上做出結論之前駐守於此，拆除工程也連帶地無限期延後。

「哎呀，真是得救了。若這裡突然被拆掉，我可就沒轍了呢。」

女子站在牆壁前方。

確認完周遭沒有巡邏的警備隊，她便在沒有任何輔助的情況下，一口氣跳過了看起來有十公尺高的牆壁。

只有在這一瞬間，女子全身發出一道淡淡的光芒，照亮了周圍的黑暗。

越過牆壁後，眼前是一片看起來更加荒涼的草地與森林，甚至讓人覺得之前走過的道路已經稱得上是經過整頓了呢。此處感覺不到夜晚的鳥或蟲的氣息，是一個完全死寂的世界。

女子在這片死氣沉沉的大地上不斷奔跑，跑向世界的中心。

沒過多久，遠處天空便出現了一道黑影。

那座彷彿與天爭鋒的尖塔比世界上任何一座城都來得高聳，連在薄暮之中都散發出黑色的威嚴。那是過去的惡魔以及黑暗的巢穴。

「感覺跟其他地方的設計大同小異呢，真是欠缺獨創性。」

女子仰望這座莊嚴建築物，無趣地嘟囔著。

好不容易抵達魔王城東側大門的女子，在彷彿連巨人都能直接以站姿進入的巨大城門前停下腳步，仰望雕在門上、彷彿老鷹般的巨大鳥類雕刻，之後，女子毫不遲疑地穿過大門走進魔王城。

完全感覺不到任何氣息的大迴廊，與如同蟻巢般分岔出去、通往魔王城各處的通路相連。

女子毫不猶豫地選了其中一條前進。

女子左手上一枚鑲有紫色寶石的戒指正在發光。

她的目標是魔王城頂樓，亦即過去勇者艾米莉亞等人遵循聖劍指引抵達的場所——魔王撒旦的寶座。

女子接連穿過數道迴廊與陽臺，在經過了一般人即將迷失對上下左右感覺的漫長時間後，

滿月已在不知不覺間登上了夜空。

月光映照著魔王城，女子在因光芒而產生的陰影下持續奔跑。

不曉得經過了多長的時間。

最後女子總算抵達了失去主人的寶座大廳。

出乎意料簡樸的空間內，還殘留著魔王與勇者戰鬥的鮮明痕跡，女子走向受眾人恐懼的魔王寶座後方。

在穿過重重帷幕之後——

「啊……」

女子抵達了一個房間。

那是一個非常普通的房間。

用來收納那些象徵魔王昔日威容服裝的巨大衣箱、從人類身高難以想像的高大書架，在遠遠超過女子身高的辦公桌上，則是獨獨插了一隻巨鳥的羽毛。

「這裡，什麼都沒有耶。」

然而這房間的書架上卻連一本書也沒有。開著的衣箱內部積滿灰塵，桌上也沒有讓巨鳥羽毛當成筆來使用的墨水。

這些東西絕對不是被某人拿走。而是打從一開始，這房間便一無所有。

「……你，到底是在哪裡出錯了呢。」

寂寞地嘀咕完後，女子穿過空無一物的房間走向深處，打開那扇讓月光照入此處的大窗。

這裡的窗戶連一塊玻璃也沒裝，外面則是面向南邊的陽臺。

「找到了！」

雖然以家庭菜園來說，這裡的規模似乎稍大了點，但在並排的數個盆栽中，只有一棵樹在月光中昂然挺立。

那是一棵彷彿由兩株不同樹木纏繞而成、有著不可思議形狀的樹木。

「不過，真希望他能多用心一點，這樣不是很顯眼嗎？」

女子苦笑，將左手伸向似乎已經長久缺乏照料的樹木。

接著，她左手戒指的寶石便在月光照耀之下發出光芒，而樹木也彷彿呼應那道光芒似的閃閃發亮。

最後女子的左手與樹木間出現了一個球狀光體，戒指的光芒消失，直到剛才都還生氣蓬勃的樹木，像是化為灰燼似的開始崩壞。

「看來成長得不錯呢，了不起了不起。」

女子看也不看崩壞的樹木一眼，朝現身的光球微笑，然而——

「！」

女子突然以銳利的視線望向陽臺東側的天空。

月光照耀的夜空中，浮現出五顆整齊劃一的明星。

不，那並非普通星辰，而是有某種飛行物體正邊發光邊朝這裡接近。

「果然被發現啦，動作還真快，他們也很拚命呢！雖然這也是理所當然啦。」

女子抱起光球，快速回到房內。

「唉，反正就算有什麼萬一，我也知道大概的位置，接下來就讓他負起責任，把妳照顧到最後吧。」

光球散發出溫暖的脈動，彷彿在呼應女子的自言自語。

「那麼，就來一場久違的追逐遊戲吧。不曉得這幾百年來，你的技術到底進步了多少呢，加百列？」

看起來有些高興的女子，就這樣消失在魔王城的黑暗之中。

從魔王城陽臺往外看，在比遠方那五顆明星還要更東邊的天空，君臨安特．伊蘇拉夜空的第二個月亮，正好開始探出頭來。

等五顆流星抵達魔王城時，藍月與赤月正好並列在夜空之中。

而纏繞在女子身上那照亮魔王城的微弱光芒，卻早已消失得無影無蹤。

魔王與勇者，在不知情下當了爸媽

在充滿機油以及金屬臭味的空間裡，經過研磨的齒輪開始迴轉並發出呻吟。

環環相扣的驅動機械裝置，僅靠些微力量便獲得強大的初速與能量，透過最新的驅動齒輪控制機能，機體的動作控制起來也變得更加靈活。

至於輔助這項性能的車體，則是由經過研磨、閃閃發光的骨架所構成。質輕但十分堅固。

這項商品在安全性能方面同樣備受好評。前方安裝了光學感應器的安全警示燈會自動反應，喇叭也是輕輕一按就能讓別人得知自己的位置，標準配備中還包括了對應全方位的反光板，針對意外的會車也準備得萬無一失。

儘管搭載了這麼多實用的功能，但卻一點也沒減損它運輸裝載的性能與操縱席的舒適度。

坐墊為皮製的。除了前方的大容量菜籃之外，車體各處也能追加搭載各式各樣的貨物裝載工具。

「怎麼樣，你的要求我全都實現囉。」

一位穿著作業服、全身充滿機油味的男子，以充滿自信的語調指向那個物體。

「……還沒呢，必須實際騎騎看才知道。」

另一位年輕男子一臉凝重地搖搖頭。至於機油男子——

「我就知道你會這麼說，我早就都整備好啦！這傢伙可是經過了我全力調整，憑你的操縱技術，應該能撐上一百年吧！」

則是挑釁似的抱胸回答。

「那還真是令人期待。」

年輕男子輕輕一笑，便親自坐上了操縱席。

「喔……這傢伙……」

年輕男子忍不住大喊出聲，機油男子聽見後則是揚起嘴角露出微笑。

在一旁看著兩位男子的嬌小身影一臉不悅地嘀咕：

「……這是什麼鬧劇。」

將這句話當成耳邊風的年輕男子雙手放上握把，往兩個踏板中的右側踏板用力踏了下去。

就在這一瞬間，男子驚訝地喊道：

「喔喔喔喔！好厲害！好輕！沒想到有了變速器後居然變得這麼輕！」

年輕男子踩著踏板衝出維修倉庫，滿臉笑容地喊道：

「就決定是這輛了！」

「謝謝惠顧，看在我跟真奧的交情上，就給你打個折吧。算你兩萬九千八百圓怎麼樣？」

「太棒了，廣瀨先生！啊，付錢請找那位。鈴乃，拜託妳啦。」

名為真奧的年輕男子，對板著臉坐在倉庫旁邊的摺疊椅上、身穿浴衣的少女努了努下巴。

全身沾滿機油的男子皺起眉頭看向少女。

被真奧稱做鈴乃的少女，以一副打從心裡感到厭煩的表情，從手上的金魚花紋手提包裡拿出了絲織零錢包。

「店長先生，你們剛才那些互動有什麼特別的涵義嗎？」

在東京都澀谷區笹塚，距離京王線笹塚站徒步只要五分鐘的菩薩大道商店街內，「廣瀨自行車店」的店長廣瀨取下綁在頭上的毛巾，一邊擦臉上的汗，一邊笑道：

「這叫做氣氛，氣氛啦。不過真的要由這位小姐來付啊？妳是真奧的女朋友嗎？」

這個問題讓少女臉部的肌肉明顯抽動了一下。

「請別開玩笑了。不過是迫於情勢，必須由我來付而已。貞夫先生，你要興奮到什麼時候。不是還要去做防盜登記嗎？快點回來啦。」

「好好好。」

真奧貞夫騎著全新並閃閃發光的高級自行車，滿臉笑容地回來了。

這輛真奧夢寐以求的六段變速史橋牌自行車，不但在鋁製車架上裝了對應全方位的反光板，還加裝了一旦變暗就會自動開啟的探照燈。

「自行車兩萬九千八百圓，防盜登記費三百圓……尾數太麻煩了所以再折一百圓，算妳三萬圓整就好。」

「感謝您的好意。」

鈴乃攤開三張折得整整齊齊的一萬圓紙鈔交給廣瀨。

「謝謝惠顧。怎麼樣，機會難得，小姐要不要也買一輛啊？」

廣瀨提議，但鈴乃搖頭回道：

「我沒受過必要的訓練，所以還是先不用了。」

「必要的訓練？」

面對廣瀨的疑惑，鈴乃正經地回答：

「雖然不需要駕照，但是我聽說必須先接受一種利用名叫『輔助輪』的輔助工具所進行的訓練。」

這句話讓真奧腦中浮現出嬌小的鈴乃身穿浴衣，騎著裝了輔助輪的兒童自行車拚命練習的景象，害他差點笑了出來。

「或許意外地很可愛也不一定呢。」

「你該不會在想什麼無聊事吧。」

看見真奧的反應，鈴乃輕輕瞪了他一下。

「真是的……店長先生，麻煩您幫我開一張收據。」

「喔？好、好，只有手寫的應該沒關係吧？畢竟要價三萬圓，所以需要證明單據吧。」

「抬頭請您寫『聖·因古諾雷德』股份有限公司。」

真奧聞言後嚇了一跳。

「喂、喂，那是……」

但廣瀨卻若無其事地寫下公司名稱，撕下收據。

「好，謝啦。真奧，難得有人買自行車給你，要珍惜一點騎啊。」

「喔、喔……」

兩人在廣瀨的目送下離開了自行車店，並肩走在商店街上前往居住的公寓。

真奧一臉興奮地牽著全新的自行車，鈴乃則是撐著陽傘，並因為夏日暑氣板起臉孔。

「話說妳拿收據幹什麼啊？」

「只要好好記錄資金收支，等將來討伐完你回到『那邊』之後，或許能請人清算拿回相對應的金額也不一定。」

「『被自己預定要討伐的魔王逼去買腳踏車』這樣嗎？」

鈴乃在陽傘底下抬頭瞪向真奧。

「不如到處宣傳魔王撒旦是個會強逼教會聖職者買腳踏車的小氣惡魔如何？」

「現在是一個要求上位者必須節制的時代。展現平民跟節儉的一面似乎稱不上是什麼壞事喔？更何況我可是確實地在身體力行呢。」

針對自己節儉、平民的一面不斷自吹自擂的小市民「魔王」，倏地回頭看了一下剛才經過的店。

「鈴乃，等等。我去一下文具店。」

真奧將新自行車停在路邊並仔細上鎖後，便走進了一間小店。比起文具店，這裡看起來更像是間賣兒童玩具與零食的店鋪，鈴乃因為不曉得真奧買那樣東西要做什麼而感到納悶。

「你買瞬間黏著劑要幹什麼？」

「呵呵呵，問的好，看仔細囉！」

真奧笑了一下，從口袋裡拿出一個小小的紅色塑膠名牌。

「這是被妳打壞的杜拉罕號的反光板。我被警察叫去處理時，就只拿了這個回來，換句話說就是類似遺物的東西。」

說完後，真奧便用黏著劑將反光板黏在新的金屬菜籃上。

「這麼一來，這傢伙就繼承了守護主人性命、壯烈犧牲的杜拉罕號之魂！從現在起，你的名字就叫杜拉罕二號！」

「……那還真是太好了。」

對物品抱持眷戀是無所謂，但好好一個大男人，居然替自己的交通工具，而且還是自行車

取名字，看在旁人的眼裡實在很令人難過。

「這樣你滿意了吧？要走囉，魔王。」

更何況那個人，還是身為人類宿敵的惡魔之王——魔王撒旦。

在日本自稱鎌月鈴乃的少女深深地嘆了一口氣，連真奧的回答都沒聽便繼續往前走。

鈴乃憂鬱地走著，而插在她頭上、給人感覺十分清涼的玻璃髮簪，則在穿過陽傘後依然顯得十分強勁的夏日陽光下反射出純白的光芒。

※

魔王撒旦。那是曾經在遙遠的異世界安特·伊蘇拉，企圖征服世界的惡魔王之名。

真奧貞夫。那是一位住在東京都心附近的住宅區、靠打工維生的青年之名。

無論人類還是神明，應該都沒預料到懷抱征服世界野心的魔王，會有輾轉流落到東京澀谷的笹塚，靠打工餬口的一天吧。

自從魔王敗給勇者艾米莉亞·尤斯提納，並漂流到異世界「日本」後已經過了一年多了。

將笹塚一間屋齡六十年的木造公寓——Villa·Rosa笹塚二〇一號室做為臨時魔王城，以打工族的身分努力自力更生的魔王撒旦——真奧貞夫這幾個月的生活過得十分不平靜。

雖然最初的一年曾因為貧窮而吃了不少苦，但真奧依然每天努力不懈地工作。

在九個月以前，他終於錄取了距離笹塚只要一站、位於幡之谷站前的麥丹勞幡之谷站前店的長期打工。受到自己視為目標的上司賞識，真奧在日本的生活總算開始上了軌道。

然而自從為了追殺魔王而來的勇者艾米莉亞，以「遊佐惠美」的身分出現在真奧面前的那一刻起，真奧平穩的日常生活就開始崩壞了。

不過這種靠打工勉強餬口、循規蹈矩的生活，對魔王來說到底算不算是平穩的日常生活，確實是有待商榷。

但魔王被昔日的部下倒戈並差點丟了性命，以及勇者遭到人類社會的背叛，這些應該稱得上是足以破壞日常生活的狀況了吧。

雖然最後事件順利解決，一行人也重新回到了原本的日常生活，繼續過著努力打工、照常吃三餐的日子，但光是為了維護這樣的生活，魔王便已經竭盡了全力。

即便勇者經常搭三站的電車來找碴，為了帶勇者回去的大法神教會聖職者也搬到魔王城隔壁，不時分送有害惡魔身心健康的祝聖食物給他，為了再度實現征服世界的野心，魔王今天還是堅持過著平民般的生活。

他相信每天腳踏實地的生活，以及在麥丹勞以出人頭地為目標努力工作，都是為了延續未來征服世界的道路……

※

每天為惡魔準備有害身心健康食物的魔王城鄰居——大法神教會訂教審議會首席審問官克莉絲提亞·貝爾，亦即鎌月鈴乃，在被真奧灌水的情況下賠償了自己弄壞的腳踏車。

或許是因此感到不滿吧，只見鈴乃一直擺出不悅的表情。

「……會不會，買得太貴了啊？」

明明是被覬覦性命、連自行車都被破壞的一方，但真奧還是擔心地詢問鈴乃。鈴乃看也不看真奧一眼，在陽傘下疲憊地嘆道：

「我好像能理解，為何艾米莉亞會那麼安心地放著你不管了。」

「啊？」

「剛才那位自行車店的店長跟你很親暱呢。」

「嗯。我跟他原本只是一起參加社區清掃的同伴而已，並沒有特別親近，不過他有帶太太跟小孩子來店裡幾次喔。所以我們最近的交情還不錯呢。」

真奧述說著自己極度平穩的人際關係。鈴乃轉進路邊的陰影，在因為暑氣稍降感到放鬆的同時，也因為些微的虛脫感而嘆了一口氣。

「原本你說今天要去自行車店時，我已經做好了相當的覺悟。」

「這是什麼意思。」

鈴乃從手提包裡拿出一本薄薄的小冊子交給真奧。

「畢竟是身為魔王的你所請求的賠償。因為不曉得到底會被要求買多高級的規格，坦白講真的讓我捏了一把冷汗呢。畢竟我好歹也有自覺自己欠了你一筆很大的人情。」

真奧勉強用單手翻開小冊子。那是一本專門介紹自行車的目錄。

「例如越野自行車？或是勞動……勞動自行車（註：音近日語中的「公路自行車」）？還是能在崎嶇路面騎的ＢＭＸ自行車之類的！一般都會以為你打算買這種的吧！」

「……不用勉強自己念不會念的英文啦。」

「語言這種東西就是要勇於挑戰啦！總、總之包括防盜登記在內居然只要三萬圓，這也太令人掃興了吧。我今天可是領了二十萬圓耶！」

「妳也不想想看我過的是什麼樣的生活，怎麼可能會要求那麼高級的款式呢。就連被妳打壞的杜拉罕號，在方南町的唐吉．利．軻德也只賣六千九百八十圓耶。」

真奧邊吹噓邊將目錄還了回去，讓鈴乃愈來愈無地自容。

「那可是殘忍的魔王用人類的錢去買東西耶。照理說會發生什麼事都不奇怪吧！」

「我還真是沒信用呢。啊？從魔王的角度來看，我被當成一個壞人信賴嗎？無論如何，雖

然這麼說很對不起廣瀨先生，但他那裡肯定沒賣那麼貴的東西。」

鈴乃不悅地看著說完後便若無其事地笑了出來的真奧。

但當真奧因為注意到什麼而低下頭，差點跟鈴乃的視線對上時，她又立刻轉移了視線。

「不過居然領了二十萬，妳明明才剛來這兒沒多久又沒工作，為什麼會有那麼多錢啊。連我那麼努力工作，存款都沒突破二十萬過呢。」

「因為我跟你和艾米莉亞不同，有餘裕能事先進行準備啊。」

鈴乃只是聳聳肩回答。

事情要回溯到鈴乃跟勇者艾米莉亞，亦即遊佐惠美初次前往新宿的那天。鈴乃用帶去大型當舖麥兵的珠寶首飾，換到了足以令真奧瞠目結舌的金額。

當然鈴乃完全沒打算告訴堪稱邪惡化身的魔王確實金額，不過只要節儉度日，這筆錢應該足以讓鈴乃好幾個月都不用工作。

「是是是，總之您是有錢人就對了。」

雖然回答中透露出些許的不滿，但真奧還是露出彷彿得到新玩具的孩子般的笑容，按響了新自行車的車鈴。

「嗯，總之謝啦。我會珍惜地騎。」

「……」

這句令人出乎意料的話，讓鈴乃忍不住抬頭看向真奧。這次兩人的視線比之前更精確地對上，害鈴乃連忙用陽傘硬是遮住自己的視線。

明明是邪惡的化身，卻用天真無邪的笑臉道謝，這實在是太不像話了。上一次被人如此誠懇地親口道謝，到底是多久以前的事了呢。

「我、我只是負責賠償而已。那已經是你的東西了，所以隨便你怎麼用吧。」

「喔。」

兩人就這樣暫時一語不發地繼續走著。

「魔、魔王。」

「啊？」

因為莫名的動搖而無法忍受沉默的鈴乃，停下腳步指向旁邊。

「那、那是什麼？花店跟超級市場這幾天好像都開始在賣那個東西呢。」

鈴乃指向花店店頭。

數根被綁在一起的樸素白色木棒取代各式各樣鮮豔的花朵，大量地擺在店面中央。

「啊，是麻桿吧。」

真奧毫不在意地回答，鈴乃則是恍然大悟般的點著頭。

「原來如此，在送到豆腐店之前，要先放乾做成那種形狀啊。」

「……豆腐？」

雖然真奧一時之間無法理解鈴乃在感動什麼，但在回頭看了一下剛才經過的豆腐店後便了解狀況。

「呃，喂，鈴乃。我不是在說豆渣。是麻——桿——麻桿啦（註：日語中麻桿與豆渣的發音相近）。」

由於隸屬大法神教會的外交暨傳教部，所以儘管身為安特．伊蘇拉人，鈴乃對日本的文化風俗依然十分精通。

但這有時也會弄巧成拙，當她打算用已知的單字或知識來補充調查疏漏的部分時，偶爾就會像之前的輔助輪一樣脫口說出奇怪的話。

「對了，今天晚餐就做豆渣可樂餅吧。」

「仔細聽別人說話啦。妳是家庭主婦嗎？」

「雖然可樂餅也是很棒的料理，但用原本應該要被丟棄的豆渣代替後，還是能做出完全不遜於原版的低成本、低卡路里料理，這個國家的廚師智慧實在令人敬佩。」

就在鈴乃歪著頭思索晚餐菜色的起源時，正好有一位來買東西的家庭主婦拿起一束麻桿準備買回去。

「盂蘭盆節就快到了，那是用來燒迎魂火跟送魂火用的。」

真奧指著麻桿說道。

「盂蘭盆……是指各家庭祭祀祖靈的習俗吧。但那不是八月的事情嗎？」

畢竟是牽涉到宗教觀的儀式，因此鈴乃只有針對這方面做過仔細的調查。

「嗯。因為舊曆七月就相當於現在的八月啊。不過，只有東京是在新曆七月燒盂蘭盆的迎魂火跟送魂火。那就是拿來當成燃料用的。」

「哎呀。我還以為這裡是個宗教觀淡薄的國家，沒想到還有這麼滲透民間的儀式。」

「不過，為什麼只有東京比較早開始呢？」

「嗯，雖然有很多種說法，但似乎是因為在日本從舊曆改為新曆，透過太政官布告將所有節慶改成以新曆為準時，只有東京能及時對應的樣子？畢竟各地用舊曆都已經用幾百年了，怎麼可能因為一道命令就改變呢。」

「原來如此。」

「喔～」

「就算到了現代，盂蘭盆節還是在八月半時放假對吧？但只有當時強烈受到政令影響的東京跟神奈川部分地區是新曆七月，除此之外都是在相當舊曆七月的八月過盂蘭盆節的樣子。」

「……你調查還真清楚呢。」

「真奧哥雖然是魔王，但見識好豐富喔！」

「我去年做調查時可是費了不少功夫呢，不過也因此學到了許多有用的知識……啊？」

「嗯？」

「怎麼了嗎？」

真奧與鈴乃因為同時發現了某件事而緩緩轉身。

「哇！小、小千，妳什麼時候來的啊？」

「千穗小姐！妳在這兒多久了？」

這位女孩到底是從何時開始站在這裡的呢？她是真奧打工處的後輩，同時也是唯一曉得真奧與鈴乃的真實身分，以及異世界安特．伊蘇拉存在的日本人——高中女生佐佐木千穗，正穿著高中制服站在這個地方。

她身上背的並非學校指定的書包，而是攜帶型的銀色保冷箱。

「嚇一跳了嗎？」

千穗露出得意的笑容。

「這是回報之前栽在鈴乃小姐手上那次……講是這樣講，其實我也只聽見鈴乃小姐晚餐要做豆渣可樂餅而已。」

「喔、喔，對了。妳已經放學啦？還真早呢。」

「期末考結束後，學校就開始縮短上課時間了。」

千穗開朗地回答。這麼說來，印象中千穗似乎曾在七夕前後提過關於考試的事情，當時她雖然擔心之後的成績，但並未特別減少打工的排班。豈止如此，即便後來被捲入了跟安特・伊蘇拉有關的騷動，她的成績還是沒有受到影響，讓人不得不佩服她的膽識。

真奧茫然地想著這些事情，千穗則將視線移向真奧的新自行車。

「咦，是新的自行車耶。」

「嗯，因為之前那輛被鈴乃打壞了。」

真奧拍了拍杜拉罕二號的坐墊。

「因為魔王說找到了想要的自行車，我才剛賠償完他而已呢。」

為了掩飾之前的驚訝，鈴乃刻意不悅地回答。

「話說回來，千穗小姐為什麼會在這裡呢？」

「我現在正好要來買真奧哥你們剛才提到的東西呢。」

千穗穿過兩人之間，指向話題中的花店。

「麻桿？」

「嗯。我在幫媽媽跑腿。接下來則是打算去真奧哥家。」

千穗搖了一下身體，刻意強調肩膀上背的保冷箱。

「爸爸的親戚送了冰淇淋過來，但因為我爸媽都不吃甜食，量又很多，所以我才想若不嫌

棄，就送給真奧哥你們。」

「冰淇淋？真的假的？我可以收下嗎？」

真奧的眼神因為從天而降的冰品而閃閃發光。

「哎呀，真令人開心！我要我要！謝啦！」

「太好了。那麼，請稍等一會兒。我先去買一下麻桿喔。」

千穗高興地看著喜不自勝的真奧，交代完後便走向花店。

鈴乃則是斜眼看著這樣的魔王跟高中女生。

「……乾脆就這樣放著別理他也沒關係吧？」

同時不自覺地將最近開始產生的疑問脫口而出。

在只有低鳴的電風扇努力帶動溫熱的空氣、遭到盛夏暑氣侵蝕的魔王城中，響起了一陣歡呼聲。

「冰淇淋？」

「冰淇淋！」

魔王城居民——曾為魔王撒旦麾下四天王的惡魔大元帥艾謝爾與路西菲爾，一聽見跟千穗

一起回到家的真奧說的話後，不禁喜出望外。

「而、而且這不是哈根迪斯的高、高級禮盒嗎？我、我們真的能收下嗎？」

「蘆屋先生，請別放在心上。就算扣掉這些，家裡還剩很多呢。」

千穗說著，便將保冷箱交給蘆屋。

自稱蘆屋四郎，一手包辦魔王城所有家計跟家事的艾謝爾，頓時產生千穗背後正發出光芒的錯覺，而深深地行了一禮。

「真的是……不曉得該怎麼向佐佐木小姐以及妳的雙親道謝才好……」

「沒那麼誇張啦。」

高䠷的蘆屋以彷彿就要直接跪下的氣勢低下頭，讓千穗慌了起來。

「哇，有好多種口味喔！快來吃吧，蘆屋！湯匙、我去拿湯匙出來！」

「漆原……在那之前，你應該先對小千說些什麼吧。」

真奧不悅地對眼裡已經只剩下冰淇淋的漆原說道。

自稱漆原半藏，在魔王城過著白吃白喝生活的路西菲爾，當然聽不進去這點抱怨。

「沒關係啦，真奧哥。漆原先生本來就是這種人，這點我非常清楚。」

千穗也不免笑著毒舌一番。

在那起讓真奧等人真面目曝光的事件當中，千穗曾經因為當時還是敵人的漆原而吃了不少苦頭。

打從順其自然地重回真奧麾下後，漆原便每天都窩在電腦前面，即便如此，他還是不會幫忙做家事，過著形同尼特族的生活，千穗對這樣的漆原也十分冷淡。

真奧苦笑，為了安慰千穗，溫柔地拍了一下她的肩膀。

「嗯，那個，真的很感謝妳。」

「……呃……嗯、嗯，是的，不客氣。」

千穗頓時因為炎熱以外的理由臉紅。

雖然千穗已經親口向真奧表達過好感，但由於千穗告訴真奧不用回覆自己，所以這場告白實際上還是懸而未決。

當然千穗也明白真奧礙於身分無法輕易回應，所以儘管事情還沒有結論，依然整理好了自己的心情。

即便如此，她還是經常被真奧這種無意識的行為嚇到而心跳加速。

「啊、啊，對了，鈴乃小姐，鈴乃小姐也一起來……咦？」

為了掩飾害羞，千穗向跟自己一起回來的鈴乃搭話，但就算千穗將頭探出房間左右張望，還是不見鈴乃的蹤影。

「那傢伙好像一回來就又馬上出去囉？」

「這、這樣啊？」

「草莓、抹茶跟薄荷……這是什麼，南瓜？好厲害喔！」

「啊，漆原先生！你要記得幫鈴乃小姐留一份喔！」

聽見漆原興奮的聲音，原本看向外面的千穗急忙返回房間。

「咦，連貝爾的份也要留啊？」

漆原明白地表示不滿。千穗不高興地從一個人抱著好幾個盒子的漆原手上搶走冰淇淋。

「不然就不給你吃！你到底打算一個人吃幾個啊！這樣會吃壞肚子吧！」

「不准把我當小孩子！別看我這樣，我可是比妳年長好幾百倍耶！」

「就算活了很久，漆原先生一樣是個小孩子！連小學生都比你懂事多了！」

「喂，天氣那麼熱，要吵架也要適可而止啊。」

真奧委婉地出言勸阻，提起保冷箱交給蘆屋。

「總之先吃一個，剩下的就收起來吧。幫鈴乃留香草的就可以了吧。」

「遵命。」

蘆屋恭敬地收下保冷箱，再次對千穗行了一禮後，便仔細地將冰淇淋一一地放進冰箱裡。

「咦，只能吃一個啊？」

漆原握著草莓口味冰淇淋，小家子氣地看向被收起來的冰淇淋。

「貝爾的份無所謂吧。那傢伙是敵人耶？」

「漆、原、先、生？」

「幹、幹什麼啦，佐佐木千穗！那傢伙也算是妳的敵人吧！各方面來說！」

千穗好不容易恢復的臉頰，又再度因為漆原的話而紅了起來。

「是、是敵人喔？不過，雖然是敵人，但一樣是朋友！」

千穗毅然地斷言。

「嗯？那是什麼意思？」

「這兩者不能混為一談啦！就是因為連這種事情也不懂，所以漆原先生才會是小孩子！」

「氣死人了。對啦，反正我就是小孩子所以不懂啦。我根本就搞不懂因為對手而吃醋的女人在想什麼啊、好痛。」

幼稚地跟千穗爭辯的漆原，因為一道突然從頭頂傳來的衝擊而發出呻吟。

「到此為止了，漆原。你這傢伙，若敢繼續對我們的大恩人佐佐木小姐出言不遜，我就要沒收你的草莓冰淇淋，並把網路解約喔！」

漆原含淚地抬頭一看，便看見蘆屋正以惡鬼般的表情俯視自己。

「你這傢伙就只會白吃白喝跟浪費家計，連家事都不會動手幫忙，坦白講就連做聖法氣料理的貝爾都還比你強呢！居然敢對在公私方面都協助魔王大人，並總是替魔王城操心的佐佐木

小姐口出惡言，就算上天願意原諒你，本人也絕不輕饒！」

魔王城的家庭主夫，將千穗守在自己背後開始大發雷霆。

雖然蘆屋最初並不喜歡千穗接近真奧，但在享用過千穗與千穗母親的料理之後，已經毫不懷疑地將佐佐木一家當成家計的救世主了。

看見蘆屋那副德性之後，漆原也只好板著臉讓步。

「我、我知道了啦……真是的，真奧跟蘆屋已經都被高中女生給馴服了。」

雖然一邊嘟囔一邊摸著被打的頭，但漆原還是緊緊抓著草莓冰淇淋不放，沮喪地回到固定位置的電腦桌前。

「那麼，佐佐木小姐，請坐這兒吧。這裡比較涼。我去幫妳倒杯麥茶。」

蘆屋讓千穗坐在被爐上座後，便端出了冰淇淋與麥茶，並從後面將電風扇調整至能輕輕吹到她的位置。

魔王城所在的Villa・Rosa笹塚並未裝設一般公寓會有的空調。

雖然通常在這種情況，承租人只要取得房東志波美輝的同意便能安裝空調，但關鍵的房東卻還在國外旅行遲遲未歸。

跟去年相比，真奧現在已經有了固定收入，但問過房東委託管理的不動產管理公司後，才發現雙方締結的管理契約並未包括對不動產本身的施工。

所以就連幫忙替換公共走廊的燈泡，都稱不上是個別的契約管理，管理公司終究只是站在替房東居中協調的立場罷了。

實際上，在兩個月前進行耐震補強工程時，房東志波也是親自前來說明。

為了將室外機與屋內的本體結合在一起，裝設空調時必須在牆壁上打洞，因此符合「有損建築物現狀之工程」的要件。

房東自身雖在海外旅行，但也並非完全銷聲匿跡，還是會定期寄知會現狀與所在位置的信回來。

然而通常投遞日都是在收到信的數星期之前，且下次來信時又都換了位置，因此依然無法跟她取得聯絡。

更何況在此之前，無論真奧、蘆屋或是漆原，都沒將信拆封便直接封印在收納櫃深處。漆原剛來時的「房東泳裝寫真集事件」，至今仍在三位大惡魔心中留下深深的傷痕。

直到鈴乃搬來之前，真奧等人皆無視這些信件，但在不曉得房東真面目的鈴乃告誡他們信件內容可能記載某些重要的聯絡事項後，一行人便只好無奈地在前幾天拆開了最新的一封信。

一如既往，房東還是使用繡有金線、一摸就知道是高級品的信紙。再加上這看起來像是用鋼筆或羽毛筆寫出來的優美字體，就某方面來說，的確是真奧等人看慣的文字。

房東人現在似乎正在印尼。由於寫真集事件時是在夏威夷，所以眾人原本以為她接下來會很庸俗地跑去峇里島，但信裡面同時還寫著她去參加了婆羅洲原住民祭祀精靈的儀式，無論就動機還是意義來看，這種現狀報告都讓人覺得莫名其妙。

真奧等人下定決心看了附在信裡的照片，只見在一群看似原住民、穿著色彩鮮豔民族服裝的人群當中，穿插了一位特別醒目的人物——那位身穿鑲有金色與銀色反光裝飾的洋裝，頭戴彷彿孔雀開屏、插有數十根色彩鮮豔羽毛的寬簷帽，化著招牌濃妝露出微笑的女子，正是房東志波。

就在這一刻，真奧主動放棄與房東取得聯絡，打算讓一切順其自然地發展。

去年真奧便已經在沒有空調的狀況下克服了夏季酷暑，更何況今年手邊還有漆原這個加重家計負擔的不良債券。

真奧認為這一定是神的啟示，警告自己就算有了餘裕，依然不能過得太奢侈。至於身為魔王卻靠神的啟示來下判斷究竟有沒有問題這點就先放在一邊吧。

「不過這棟公寓還滿通風的，我本來以為會更熱呢。」

「嗯，就只有這點稱得上是救贖吧。因為是角落的房間，所以窗戶也比較多。」

為了避免日光直射，真奧在初代杜拉罕號的出身地——方南町唐吉・利・軻德買了窗簾回來使用，在將所有窗戶通通打開，並用電風扇促進空氣流通之後，就算氣溫不低也還是能通風。這是因為Villa・Rosa笹塚的建築物周圍有一些土壤裸露的庭園，跟附近建築物之間有些距離的緣故。

「喂，真奧。你真的不買空調嗎？」

千穗享受著夏天的風，相較之下，漆原則是徹底地墮落。

「我不是說過了嗎？現在聯絡不到房東，更何況我們家又擠不出裝修費。我可不想隨便買臺便宜的空調，然後隔月死在電費手上。」

「欸……」

「我也不太能吹冷氣呢。」

千穗邊舔著萊姆葡萄冰淇淋邊繼續說下去：

「雖然學校教室有裝空調，但體育課完後一定會有人把溫度調到最低。真的很冷呢。」

「這表示即便是文明利器，視使用方式而定，還是有可能傷到自己呢。一想到學校的電費，連我都開始冷起來了。」

蘆屋吃著抹茶冰淇淋，並對莫名其妙的部分表示贊同。

「基本上會這麼做的傢伙，都是些愛吵鬧的調皮鬼吧。只要一調高溫度，就會吵著『好熱好熱』再把冷氣調回來對吧？」

吃著脆餅冰淇淋的真奧，板起臉咬著湯匙上下晃動。

「就是說啊！」

千穗用力地點頭同意。

「那些傢伙與其說是想法太過簡單，不如說是因為想馬上獲得滿足，所以才沒去思考之後的事。而且這種人的聲音通常還都特別大呢。」

「沒錯沒錯！……呃，咦？」

「嗯？」

「真奧哥，為什麼會那麼清楚這方面的事情啊？」

苦笑著表達贊同的千穗，因為突然注意到這點而提出疑問。

「真奧哥，你應該沒上過日本的學校吧？」

「嗯。」

「雖然我跟真奧哥聊天時，常常會有『對啊對啊』的感覺，但仔細想想，這還真是不可思議呢。」

「啊，嗯，也對。」

真奧乾脆地吞下最後一口脆餅冰淇淋。接著便起身將塑膠製的蓋子跟內蓋確實地丟到可燃塑膠垃圾袋。在將紙盒沖水並丟進紙類回收後，真奧靠在流理臺上嘆了口氣。

「雖然惡魔發洩不滿的方式會更激烈一點，但無論是惡魔還是人類，在這方面都沒什麼差別呢。」

「……」

「……啊……一個不夠啦……」

蘆屋靜靜地在聽真奧說話，漆原則是根本不曉得有沒有在聽，只見他將吃完的冰淇淋杯放在電腦桌上，用飢渴的視線看向冰箱。

就在這時候——

「喔？鈴乃，妳上哪兒去啦？小千也要給妳冰淇淋呢。」

真奧從開著的廚房窗戶看見鈴乃正抱著某樣巨大物品從外面經過。

「啊，那還真是不好意思。等我事情辦完後，一定會過來拿的。」

兩人隔著窗格對話。鈴乃似乎正拿著類似小型四角木材的東西。

「……喂，那是什麼東西啊？」

「嗯？是木材啊。」

「不，這我知道，我是想問妳拿那個要幹什麼。」

真奧之所以會那麼固執地追問鄰居帶回來的東西，是因為看見鈴乃扛著木材以外的另一隻手，正拿著分量明顯過多的麻桿。

「身為傳教部的人，我對盂蘭盆的習俗有點興趣，所以打算先實際體驗一下。」

「……然後呢？」

「是要燒一種叫做迎魂火的東西吧？我聽說祖靈會隨著迎魂火的煙回去。」

真奧因為不好的預感準確命中而無力地垂下頭，隔著窗戶對鈴乃招手。

鈴乃雖然皺起了眉頭，但還是老實地打開了魔王城大門。

「什麼事？我想趁還有太陽時進行，所以別拖太久，好痛！」

真奧打斷鈴乃，朝鈴乃的頭揮下手刀。

「你、你幹什麼啦？」

「妳想燒了這棟公寓啊！那些燃料很明顯太多了吧！」

「你、你這傢伙！該不會因為我是安特．伊蘇拉人就看不起我吧？」

因為手刀而淚眼盈眶的鈴乃，一邊創造出嶄新的自虐語，一邊氣著反駁。

「我怎麼可能把這些全都燒掉啊！木材是要拿來在公寓後院堆篝火！要燒的只有麻桿而已……好痛！居、居然趁人家手上有東西時為所欲為！」

真奧揮下了第二刀。

「那樣更糟啦！妳也看見小千只買一束了吧！在後院堆篝火，妳到底是想燒多大規模的迎魂火啊！這又不是在燒營火！」

在Villa．Rosa笹塚的建築用地周圍設有圍牆，而其中一塊土壤裸露的空間則是被居民稱為後院。

由於在避開都市柏油路的地方種了一棵巨大的闊葉樹，因此去年跟今年樹上都聚集了數量令人難以置信的夏蟬，在夏天開起了大合唱。

「好了好了，兩位冷靜一點。鈴乃小姐，這裡有香草冰淇淋喔。」

「我要吃！」

鈴乃的房間理所當然地跟魔王城一樣沒有裝設空調。或許是因為如此，鈴乃接受了冰淇淋的調解，從自己房間拿來黑糖蜜跟黃豆粉加在冰淇淋上。仔細品嘗完後，鈴乃再次針對無法接受的部分追問真奧。

「那你說迎魂火到底要怎麼燒！根據我的調查，應該會有一大堆僧侶聚在一起生火，或是用名叫茭白的乾草搭起篝火，再盛大地燒掉吧！」

雖然不曉得鈴乃在買自行車回來後的短暫時間，究竟用什麼樣的方法調查了什麼，但這些是正式的神社或寺廟，以及舉辦祭典時才會出現的狀況。

「蘆屋。」

「是，我馬上準備。」

真奧一彈指，蘆屋便馬上拿出陶盤、點火槍以及搓成長條形的報紙交給真奧。

「順帶一提，這些道具在百圓商店全都買得到。在賣餐具的地方也能免費拿到舊報紙。這個盤子則是叫做『焙烙』。」

真奧說完後，便從鈴乃準備的大量麻桿中拿起一束走出房間。

「至於這個麻桿，在小千買的那間店一束賣九十圓。就算貴一點也頂多兩百圓。」

千穗與板著臉的鈴乃跟著真奧走到外面。真奧走下公共樓梯，在面對馬路的公寓門口將焙烙放在地面。

解開綁住麻桿的塑膠繩後，真奧將長條形的麻桿折成適當的長度。

由於光是一束中三分之二的麻桿就裝滿了整個焙烙，因此真奧將剩下的麻桿交給鈴乃，用點火槍點燃報紙。

在充當火種的紙捻被放到麻桿底下後，火焰馬上就延燒至麻桿，並開始緩緩冒煙。

「這個，就是最簡單的迎魂火做法！」

「……你說什麼？」

「順便補充一點，因為集合住宅有裝設火災警報器，所以一定要在屋外進行。其他還有什麼問題嗎？」

鈴乃用明顯感到懷疑的視線，來回看向焙烙上的小火堆與真奧。

「……你可別亂說。迎魂火對家族來說，應該是一年一度為了引導祖靈所進行的重要儀式吧。怎麼可能會有這種既單純又隨便的儀式。」

「雖然妳這麼說，但真的這樣就沒了，所以我也無可奈何啊。對吧？」

真奧並非朝向鈴乃，而是尋求千穗的同意。鈴乃因為期待聽見不同的答案而轉頭望向千穗——

「看起來或許有點敷衍，但的確是這樣做沒錯。雖然也能從盂蘭盆燈籠或菩提寺取火種，不過在都內就不太容易這麼做了。還有，像這樣——」

千穗在焙烙旁蹲下。

「將雙手合起來，祈禱祖先們能不迷路地順利回去。」

「……就、就只有這樣？」

「除此之外，有設佛壇的家庭似乎還會用小黃瓜做馬呢。」

「啊，嗯，我家每年也都有做喔。」

「小、小黃瓜馬？那、那是什麼東西？」

鈴乃因為陷入混亂而慌了起來。真奧與千穗互望了彼此一眼，繼續笑著說道：

「等盂蘭盆結束後，就要換為了送祖先回到那個世界燒送魂火，雖然燒迎魂火時會用小黃瓜當馬祈求祖先能盡快回來，但回程的送魂火就會用茄子當牛，以便讓祖先能慢慢地回去。」

真奧非常認真地解說，千穗則是坦率地點頭。鈴乃來回看向兩人，不禁將手抵在額頭上喃喃自語：

「……雖然我至今曾接觸過各式各樣的宗教，但像這種讓人搞不清楚究竟是單純還是複雜

的儀式還真是稀奇。」

「嗯，雖然比較正式的地方會在路上排一大串的蠟燭或是像妳那樣堆篝火，不過都心的住宅區大概就是這樣了。儘管同為佛教，還是有些宗派不會舉行這類儀式，而且也只有特定地區會燒迎魂火。若想看更正式的儀式，不如等八月再找個地方祭典參觀如何？」

「真奧哥真的好清楚喔。」

千穗驚訝地睜大了眼睛。

「因為去年只要是看起來跟恢復魔力有關的事情，我什麼都會去試啊。看看會不會有哪個惡魔乘著迎魂火來之類的。」

真奧對引導祖靈的神聖儀式說出危險的話。

「不過我的祖先又不在地球，所以就算燒迎魂火也是白搭啊。」

「講得好像你在那邊有祖先似的。」

真奧因為鈴乃的話而皺起臉。

「我說妳啊，惡魔又不是從樹裡頭蹦出來的。不但有祖先，而且當然也有父母啊。」

「真奧哥的……父母……？」

雖然千穗知道真奧的真實身分，但從概念上來看，卻完全無法想像「魔王父母」的存在。

「反正無論是我的祖先還是父母都已經不在世上了，而且我也不會特別想燒迎魂火讓他們回來。」

儘管真奧只是隨口回答，但千穗聽了後卻感到十分難過。

「請不要……說那麼令人悲傷的話啦。」

「就算妳這麼說，也很少有惡魔會特別去悼念祖先，我既不想知道祖先的事情，也幾乎沒有關於父母的記憶。」

「是、是這樣啊……對不起，我好像問了什麼不太好的事。」

「不不不，是我自己隨便講出來的。總而言之——」

真奧對沮喪的千穗揮揮手，在火勢逐漸轉弱的焙烙旁蹲下。

「燒完後別忘了要處理火苗。原本的儀式是要用蓮葉沾水來滅火，但保險起見還是要準備裝了水的水桶。灰燼就丟到庭樹那裡好了，畢竟是可燃垃圾嘛。」

「……有點缺乏情調呢。我好像見到了現代日本精神的矛盾之處。」

「入境隨俗啊。就把這當成是胸襟寬廣吧。喂，鈴乃，提水桶裝點水來。」

就在真奧下達指示時——

「喂，真奧！」

漆原從魔王城的玄關探出頭來呼喚真奧。

「麻煩的傢伙來了！」

「麻煩的傢伙？」

真奧疑惑地抬頭看向二樓。

「你說誰麻煩啊？」

真奧因為那道從背後近距離傳來的聲響而縮起了身體。

背對著那道凜然的聲音，真奧緩緩轉身。

在那裡的則是——

「啊，妳好，遊佐小姐。」

「喔，艾米莉亞，對了，已經是這個時間啦。」

拯救安特·伊蘇拉的勇者艾米莉亞·尤斯提納——遊佐惠美露出正經八百的表情。

她右手拿著陽傘，左手提著看似裝了重物的紙袋。

惠美用陽傘傘柄將皺起臉的真奧趕到旁邊，從樓梯下仰望漆原。

「路西菲爾！為什麼你會知道我來了？你該不會又在我身上裝了什麼奇怪的發訊器吧！」

「我、我才沒有。只是房間外的攝影機有拍到妳而已。妳、妳冷靜點。這裡有冰淇淋喔，冰淇淋。」

「我可是從頭到尾都很冷靜地做好打倒你們的心理準備喔？」

「我、我說的是真的啦！妳看妳看！」

漆原暫時回到屋內，然後拿出冰淇淋跟原本裝在鐵窗上的改造網路攝影機在惠美眼前晃來晃去。

「……」

比起攝影機，惠美在看了眼哈根迪斯的薄荷冰淇淋後，便馬上換個表情轉向千穗跟鈴乃。

「妳好啊，千穗。那個冰淇淋是妳帶來的嗎？」

「啊，是的。有人送禮盒來我家，但我父母都不吃甜食。」

「……我想也是。這些傢伙根本就沒爭氣到能買哈根迪斯。」

「居然用東西的價格來衡量男人有沒有出息，妳的器量也未免太小了吧。」

被冷淡對待的真奧在一旁抱怨，但惠美卻只是拿出手帕朝臉搧風，對他不理不睬。

「哈根迪斯的薄荷口味只有禮盒裡面才有。平常根本就看不見零售。我眼前已經浮現出你們收到千穗送的冰淇淋時，那副欣喜若狂的德性了。若被魔界的惡魔看見，他們一定會很傷心吧。無論身為人類還是魔王，這應該都只能用沒出息來形容吧。」

「……對不起，真奧哥，我無法替你辯解。」

千穗不好意思地對真奧低下頭。

「……妳是特地來這裡嘲笑我們貧窮的生活嗎？妳這個無論在職場還是自己家裡都在吹冷氣的反環保勇者！」

「真不好意思。不過我住的公寓原本就有附空調，要是不用反而很吃虧吧。更何況那是新型的節能款式，而且我不管多熱室溫都只會設二十八度。根本就沒理由得聽你說教。」

「可惡！居然那麼露骨地炫耀我們之間生活等級的差異！」

惠美不理會懊悔地跺腳的真奧，轉而看向鈴乃。

「我好像來得比約定的時間要早了一點，妳現在有空嗎？」

「啊，不好意思。我馬上就去準備，請妳稍等一會兒。」

鈴乃說完後便準備衝上樓梯。

「等等，先把這個拿去吧。」

惠美叫住鈴乃，將先前那個看起來很重的紙袋交給她。

從紙袋邊緣能隱約窺見畫有老鷹標誌的大將製藥營養飲料的紙箱。雖然真奧跟千穗無從得知，但裡面裝的當然是惠美在安特·伊蘇拉的夥伴送來的聖法氣補充飲料，保力美達β。

「喔、喔……這就是，之前說的那個嗎？」

「沒錯。一天兩瓶。這可是很貴重的東西，要珍惜使用喔。」

「……你們在進行什麼祕密交易啊？」

真奧吐槽兩人就紙袋進行的曖昧對話。惠美與鈴乃轉頭看向真奧。

「特別是要小心這傢伙。」

「這是當然。」

「喂！」

真奧憤憤地吐槽。

「我才不會做覬覦他人物品這種邪門歪道的事情！」

「站在邪門歪道最前線的你在說什麼啊。」

惠美冷淡回應。

「我可是認真工作，不到一年就被升為代理店長的人耶，居然敢說我邪門歪道！」

真奧因此變得更加激動——

「真奧哥，我想她應該不是在說這個。」

但卻遭到千穗冷靜地吐槽。

「遊佐小姐，妳要跟鈴乃小姐一起出門嗎？」

「嗯，我們要去看她房間必須使用的日常家電跟手機。」

「家電跟手機啊。」

「嗯。因為我也必須在這兒逗留一段時間，所以得先整頓好自己的生活基礎才行，但先前的事件讓我理解到自己的調查已經過時了。為了避免關鍵時刻產生混亂，才會麻煩艾米莉亞跟我同行。」

「嗯，原來是這樣啊。」

對千穗來說，雖然很高興能跟新結交的朋友繼續來往，但這也代表真奧家隔壁將有一位女性，而且還是與真奧敵對的人物長期滯留於此，所以對這件事究竟應不應該乾脆地感到高興也有些微妙。

「唉，不過只要我砍了那個窮光蛋魔王，就不用這麼麻煩了呢。」

雖然並非看穿了千穗的內心，但說著說著，惠美便露出惡作劇的笑容看向真奧。

真奧因為不曉得該如何反應而直冒冷汗，千穗見狀也開始煩惱起惠美到底是不是認真的。

「……唉，不過我先前也說過不會馬上這麼做了，既然如此，在找到好的解決方法之前，還是請鈴乃先待在這兒會比較好吧？」

「就、就是說啊。」

由於惠美看起來是認真的，因此千穗的回答也跟著變得有些僵硬。

「啊哈哈，抱歉抱歉。放心啦。我才不會在千穗面前做出那種事。」

「……我倒是有點介意在我面前以外的部分……」

千穗總算露出苦笑。

「這就要靠魔王自己好好留意了。」

「哼，到哪裡去找像我這種節儉、親民又勤奮的魔王啊！我對你們在祕密交易什麼一點興趣也沒有！所以妳快點放心地消失吧！」

像小孩子鬧彆扭似的真奧揮揮手，催促惠美離開。

「被身為宿敵的我認定為節儉、親民又勤奮的魔王，你難道都不會覺得丟臉嗎？」

「我可是以成為到哪兒都不會丟臉的魔王為目標呢！」

「的確，不如說看見現在的你後，反倒要為跟魔王軍陷入苦戰的安特．伊蘇拉感到羞恥也不一定呢。」

惠美無奈地聳肩。

「……話說現在是怎麼了？為什麼天氣這麼熱，大家還要聚在一起生火啊？」

惠美疑惑地看向腳邊的焙烙，上面的痲桿已經幾乎快燒光了。

「我來這裡的途中也有看見煙，想說你們不曉得在燒什麼東西。」

「呃。」

「那個……」

「艾米莉亞，妳不知道這是什麼嗎？」

這次換真奧、千穗跟鈴乃大感意外地面面相覷。

「妳……妳這樣是不行的啦。就是因為這樣，所以才會被人說『現在的年輕人啊』之類的話耶？」

「……對不起，遊佐小姐……我無法替妳辯解。」

「沒辦法。晚點再由我來告訴她吧。」

「咦？……咦咦？」

姑且不論真奧，居然連千穗跟鈴乃都產生如此微妙的反應，讓惠美因為不曉得自己究竟在哪裡踩到了讓形勢逆轉的地雷，而不由得慌了起來。

「總而言之，艾米莉亞，這東西我就心懷感激地收下了。請稍等我一下，我這邊馬上就準備好。」

鈴乃提起紙袋向惠美道謝後，便拎著紙袋上樓去了。

至今還是搞不懂自己到底做錯了什麼的惠美，來回看向鈴乃與快燒完的麻桿，千穗則是以曖昧的微笑觀望這股微妙的氣氛，直到剩下的麻桿燒完，火堆也不再冒煙為止。

就在這一瞬間。

「喔？」

「咦？」

「怎麼了？」

「呀啊！」

「哇啊啊啊啊！」

真奧、千穗、鈴乃、惠美以及從玄關探出頭來的漆原，都因為看見那道光芒而大喊出聲。

閃光並非來自位於上空持續發出彷彿利刃般陽光的太陽，而是燒完的麻桿上方突然爆出了一陣充滿量感的光芒。

「糟糕！」

真奧迅速採取行動。

「呀！」

為了保護距離焙烙最近的千穗，真奧直接抱緊千穗逃離光源，緊貼在公寓的庭樹上。

迸發出來的光線讓人幾乎睜不開眼睛，真奧邊發出呻吟邊大喊：

「快找東西抓住！那是『門』啊！」

「！」

「你說什麼？」

惠美與鈴乃聞言快速做出反應，將手上的東西全都丟在腳邊，並用雙手緊緊抓住公共樓梯的扶手。

從鈴乃手上掉下來的紙袋滾落樓梯，發出沉重的聲響。

通往異世界的「門」有個特性，亦即會隨著施術者的目的或使用力量的性質產生改變。

但所有「門」共通的一點，就是只要有在「門」能傳送的質量範圍內的物體碰到它，就一

定會被吸進去。

在這種突發狀況下，沒有魔力或聖法氣這種超常質量的千穗所面臨的危險也會最大。

「喂，這是哪一種！進、還是出？」

光是保護千穗就已經費盡全力的真奧大喊。

「有什麼東西跑出來了！」

雖然無法確認對方的身影，但傳來的回答是鈴乃的聲音。

這是向外的「門」。換句話說，是某人從別的地方透過「門」來到了日本。

總之現在已經能確定這並非會無差別地將東西吸進去的「門」，於是真奧放開千穗並讓她躲在自己背後，在因為炫目的光芒皺起臉的同時轉頭看向該物體。

「……這是什麼？」

只見光芒中出現了一個呈球體的輪廓。

「看、看來既不是人類，也不是惡魔呢！」

看來惠美也認出了那個球狀形影。

在那道形影出現的同時，光量也開始急遽減弱。

即便如此，那道「門」還是擁有在盛夏陽光下依然顯得十分明亮的亮度，一開始的光之奔流逐漸消失，慢慢浮現出球狀形影的顏色與詳細的輪廓。

「是樹木的果實……不對，如果是這樣──」

「好大喔……」

比真奧還接近「門」的鈴乃與惠美緩緩靠近光源。

彷彿水龍頭被鎖緊般，「門」的光芒一口氣沉靜了下來。

世界在這一刻恢復正常的顏色，夏日陽光也重回了Villa・Rosa笹塚的庭院。

突然出現的物體，在真奧等人眼前「咚」地一聲掉在已經燒完的麻桿灰燼上。

「喂喂喂喂！」

「這這這……」

「啊！……啊啊……」

儘管該物體的真面目尚未明朗，但三位小市民卻因為它掉在灰燼上而從緊張中恢復，開始行動了起來。

真奧救起那個物體，惠美將焙烙推到角落並小心別讓灰燼飛出來，鈴乃則是快速地拿出手帕，將物體被灰弄髒的部分擦乾淨。

幸好麻桿似乎已經完全燒完了，所以上面並沒有留下觸碰到高溫的痕跡。

就在三人鬆了一口氣時──

「眼睛！我的眼睛啊！」

樓梯上傳來了因為直視強光而痛苦呻吟的漆原聲音，讓真奧、惠美與鈴乃猛然回過神來。

三人不自覺地互望彼此一眼，再一同看向那個由真奧抱著讓鈴乃擦拭乾淨的物體。

「漆原，你在吵什麼啊！」

「唔啊！我的眼睛啊！」

「喂，別在那兒胡鬧了，不然我踢你喔。」

「不、不要先踢了之後才說啦！」

「誰叫你要躺在玄關前面……魔王大人，發生什麼事了，那顆巨大的果實是……」

直到蘆屋從樓梯上悠閒地發問之前，位於庭院的三人都還未能冷靜地分析狀況。

果實巨大到連擁有標準成人男性體型的真奧，都必須用雙手來環抱的程度。

那是一顆沉重並有著類似蘋果外形的黃色果實。

但就算親眼目睹這只要一申請就會馬上被認定為金氏世界記錄的尺寸，還是很難讓人產生食慾。

「難道……是蘋果嗎？這個東西？」

「不然看起來也有點像是梨子呢……不過……」

「……就連魔界也沒有這麼巨大的蘋果呢。妳該不會要說這是蘋果型的惡魔之類的吧。」

雖然魔界存在著會擬態成植物的惡魔，但通常都是擬態成樹木的人形，從來沒聽說過有會變身成這種巨大圓形果實的惡魔。

「要是像佐助快遞那樣，有寫寄件人的姓名或住址就好了……」

不曉得該如何是好的真奧嘟囔著無關緊要的感想。

由於「門」不可能是自然產生，所以一定是有施術者將這顆蘋果送來這裡。

儘管還不曉得對方的真實身分與現狀究竟如何，但那東西到底是被人瞄準這裡送來，抑或偶然來到此處，將會大大改變整個狀況。

「拜託饒了我吧。」

惠美是第一個切換思考方向的人。

「『魔王跟勇者的所在地同時發生異狀』，這麼短的期間內到底是第幾次了啊！沙利葉那件事才剛過一個星期耶？在你身邊真的都不會發生什麼好事！」

「這句話我原封不動地還給妳！」

惠美說的好像一切都是真奧在惹事生非，讓真奧實在是無法保持沉默。

「話說回來，真要說起來，最近那些騷動的主謀都是你們人類那邊的人吧！」

「唔……」

「呃，那個，真是不好意思。」

在惠美語塞的同時，鈴乃也有些愧疚似的看向完全無關的方向嘟囔。

「這次也一樣，哪有惡魔會開那種閃閃發光的『門』啊！反正一定又是天界惹出來的麻煩！喂，這個妳拿去啦！乾脆先拿去冰箱冰再吃掉怎麼樣！」

真奧說完後，便將蘋果推給惠美，害惠美驚慌地退了一步。

「別開玩笑了！我們接下來可是要去都心買東西耶？怎麼可能帶著那麼大的東西！」

「誰管妳方不方便啊！妳還不是一樣從來都不考慮我們這邊的狀況，就直接進行跟蹤！妳這個跟蹤狂勇者！」

「你……你說誰是跟蹤狂啊！要不是你是魔王，誰會喜歡跟著你啊！你這窮光蛋魔王！」

「囉、囉嗦，妳才是在這大熱天裡打扮得那麼輕佻，妳這個上班族勇者！」

「哼，總比穿著又舊又褪色的UNI×LO要好，你這個皺巴巴T恤魔王！」

就在兩人你一言我一語，不曉得是在說對方壞話還是無意義地謾罵彼此生活環境時，真奧終於說了一句不該說的話。

「像妳這種傢伙，穿UNI×LO的運動胸罩就綽綽有餘啦，妳這個砧板勇者！」

「決定了！我現在就要在這裡砍了你！」

原本因為吵架與熱氣而開始感到疲累的惠美雙眼，倏地燃起了邪惡的鬥志之火！

「咦，啊，妳，等、等等，惠美！這裡有人在啦！喂，不用拿出聖劍吧！有話好說啊！」

「多說無益！吾之力量，乃為毀滅邪惡惡魔而生！」

惠美的右手噴出堪稱金色熱氣的聖法氣，並從手中召喚出「進化聖劍・單翼」。

這是只有將大法神教會自古保管的「進化天銀」放入體內的勇者，才能使用的滅魔聖劍。

「哇哇哇哇哇！妳、妳來真的啊，惠美！」

「魔王大人！」

由於惠美認真地拿出了聖劍，因此蘆屋也無法像平常一樣在旁邊悠閒地看兩人爭吵，他快速衝下樓梯。

「嗚喔喔喔喔喔喔喔喔？」

只穿拖鞋就跑出去的蘆屋在公共樓梯用力地摔了一跤，邊發出慘叫與巨響邊滾下了樓梯。

「哇啊，蘆屋好笨喔！」

另一方面，好不容易從強光造成的刺激中恢復視覺的漆原，則是依然躺在玄關前面悠閒地看著這副場景。

「咦？佐佐木千穗呢？」

漆原發現千穗從剛才開始就完全沒參與這場騷動，於是便朝周圍四處張望。

在蟬聲喧鬧的樹下找到了看似心不在焉的千穗後，漆原維持躺在地上的姿勢歪頭思考。

「嗯，我允許。砍了他！」

鈴乃不知為何也以蘊含了怒氣的表情瞪向真奧。

「妳別跟著說那種危險的話，快阻止她！不對，不可能，妳是惠美那邊的人啊！可惡！」

「魔王！覺悟吧！」

沒想到自己征服世界的野心，居然會因為將UNI×LO的運動胸罩拿來說別人壞話而受挫。

比起人生的走馬燈，盤踞真奧腦中的居然是這種無關緊要的後悔。

無法閃躲惠美神速的斬擊、陷入進退兩難的真奧，面對惠美高舉過頭後揮下的聖劍，明知道無意義，還是只能用手上抱著的蘋果保護自己。

「咦？」

但足以劈天碎地的聖劍，卻遲遲未將真奧的身體劈成兩斷。

真奧戰戰兢兢地抬起頭——

「…………」

接著便發現惠美正驚訝地看著夾在聖劍與真奧之間的蘋果。

「……？」

「魔、魔王大人……唔唔唔……」

代替因為不曉得究竟發生了什麼事而動彈不得的真奧——

出現在好不容易從跌倒衝擊中恢復的蘆屋眼前的景象——

是用蘋果護住頭部的魔王大人、將手抵在臉上，彷彿因為什麼事而感到驚訝不已的克莉絲

提亞・貝爾、打算揮下聖劍的艾米莉亞以及──

「……手？」

蘆屋看見蘋果長出了一雙人類的手。

從碩大的圓形蘋果中，伸出了一雙彷彿人類嬰兒的雙手與手臂。

「這……」

「這……」

「這是什麼啊？」

蘆屋和鈴乃一時語塞，最後則是由惠美大喊出聲。

若單純只是從蘋果中長出手來，儘管的確令人感到驚訝，但依然能夠當成是植物形的惡魔來看待。

最大的問題是，無論怎麼看都只有嬰兒程度的那雙手，居然能穩穩地接下惠美的聖劍。

由於是在情緒激動之下所做出的舉動，因此惠美也不曉得自己是否真的有意要連同蘋果將真奧的頭劈成兩斷，不過至少她的確是用打算將蘋果切成兩半的氣勢揮劍才對。

惠美慌張地退後，鈴乃也跟著拔出別在頭髮上的髮簪。

「武身鐵光！」

隨著鈴乃的呼喊，飾有十字架的玻璃髮簪瞬間化為纏繞著聖法氣的巨槌。

鈴乃也跟惠美一樣，因為出現了來歷不明的對手而提高警覺。

蘆屋也搖搖晃晃地起身，思考著究竟該如何行動。

但即便蘆屋擁有曾任安特・伊蘇拉東大陸攻略軍司令官，並被稱為魔王軍第一智將的戰鬥經歷，面對眼前這種狀況——聖劍勇者與長手的蘋果對峙，而且魔王還在蘋果底下——他還是無法從經驗中找出能夠即時對應的行動。

鈴乃雖拿出了武器，但似乎也無法判斷該如何行動，只能拿著巨槌動彈不得。

「……怎、怎麼了，到底發生了什麼事？」

只有看不見蘋果上方狀況的真奧莫名其妙地舉著蘋果，戰戰兢兢地環視四周。

「真、真奧？」

直到從公共走廊上俯瞰這一切的漆原站起身後，才總算有人出聲。

「總、總之你還是先把頭上那顆蘋果放下來會比較好吧？」

「蘋果……？哇？這是什麼？」

經漆原這麼一說，真奧總算放下蘋果，並發現上面有了兩隻類似嬰兒雙手的物體，正像是在尋找什麼東西似的晃來晃去，害他忍不住將蘋果丟到地上。

「啊！」

一想到那個來歷不明的物體將受到衝擊，眾人皆因為本能地感到危險而發出警戒的叫聲，看向在地面上滾動的巨大蘋果。

「哇、哇！」

正好位於真奧丟蘋果方向的惠美，忍不住誇張地抬起腳往後跳。

但蘋果卻以在被真奧丟出去的慣性下不可能會有的速度，開始猛然滾向惠美。

「不要啊啊啊？喂，這、這是什麼啊？」

那顆蘋果用力地轉動彷彿推進器般的嬌小雙手，在公寓的庭院內追著惠美跑。

束手無策的真奧與鈴乃，只能在不知如何是好的狀況下看著這幅景象。

或許是因為推進力下降了，蘋果最後就這麼直接停在後院正中央。惠美像隻被貓追到走投無路的老鼠，靠在環繞庭院的圍牆上大口喘氣。

但不死心的蘋果，還是從停止的場所尋求惠美般的朝她筆直伸出雙手，開始不停地晃動。

「喂、喂，惠美，不管怎麼看，這都是指名要找妳吧，喂！」

「呼……呼……什、什麼啦，我才不要呢。」

雖然不再對真奧發出殺氣，但因為出乎意料的狀況而顯得狼狽不堪的惠美，只能無意義地反覆看向右手的聖劍與伸向自己的那雙手。

那顆蘋果的手，居然能接下自己幾乎是認真揮下的聖劍。

不，與其說是接住，不如說是類似用手掌拍打水面般，被某種緩衝的力量擋住來形容會比

較貼切。

惠美開始感嘆最近不怕聖劍的對手似乎愈來愈多，但既然那顆蘋果也是其中之一，那麼它或許與前來奪取聖劍的沙利葉及天界有關也不一定。

想著想著，為了保險起見，惠美決定暫時先將聖劍收回體內。

此時又發生了新的變化。

惠美一收起聖劍，蘋果便突然無力地垂下了原本晃來晃去的雙手。

那彷彿斷了線的人偶般的動作，讓惠美從喉嚨深處發出慘叫並躲了開來。

「呀！真是的，這、這次又怎麼了！」

這次的變化，真的只能用削蘋果皮來形容了。

只見那顆蘋果的黃色外皮居然流暢地呈帶狀散開。

外皮底下是一個彷彿保護內部的硬質避難所般的空洞，除了千穗以外，那顆長了手的巨大蘋果就這麼在現場所有人面前——

「……噗噫。」

變成了一個小女孩，並發出一道響徹Villa・Rosa笹塚的迷糊噴嚏聲。

「……」

「……」

「……」

「……」

「……」

這過於突然的發展，讓所有人都只能茫然以對。

眾人甚至無法互相對視，就只是緊盯著從蘋果中出現的小娃娃。

「……噗噫。」

像是在呼應這第二聲的噴嚏，解開的外皮再次飄浮在小女孩周圍，並緩緩改變形狀，同時彷彿一開始就是被訂做成這樣似的化為一件黃色的連身裙。

「嗯？」

在外皮形成連身裙的那一瞬間，只有真奧發現小女孩額頭上浮現出一道花紋。那是道散發紫光、彷彿新月般的花紋。

「唔！」

但那道花紋轉眼間便消失了。小女孩摸了一下花紋消失的額頭。接著便握緊那擋下聖劍的可愛小手環視周遭，懶洋洋地皺起眉頭揉著眼睛。

原本以為小女孩還會再發呆一段時間，沒想到她卻直接躺到了地上——

「……呼……」

然後睡著了。

統治魔界的魔王、繼承天使之血的勇者、惡魔大元帥、大法神教會的聖職者以及墮天使。

這些擁有像是在玩笑般出身的異世界人士齊聚一堂，卻沒有一個人能對眼前發生的狀況即時做出反應。

「呃，喂？」

或許該說真不愧是真奧，他是第一個清醒過來的人。

「這、這、這、這、這、這是、怎麼……」

但他似乎尚未恢復冷靜，講起話來口齒不清。

「我、我怎麼、怎麼可能、知道啊。」

這點惠美也一樣。

「真、真奧！」

獨自從高處俯視這一切的漆原尖聲喊道。

鈴乃與蘆屋像是突然被雷打到似的嚇了一跳，顫抖地仰望漆原。

漆原看的方向，是遠方通往笹塚站的道路。

「糟糕，有人來了！」

這句話倏地讓所有人立刻恢復了冷靜。

也就是說，姑且不論蘋果小女孩的真面目為何，或是不曉得有多少人目擊了「門」發出的光芒，都必須避免讓事情變得更加引人注目。

「喂、喂，惠美！」

「幹、幹什麼！」

「這、這個、這孩子？是孩子嗎？總之，先把她帶到上面去。」

「為、為什麼是我？」

「因、因為是女孩子，所以當然要由女生帶吧！話說我根本就沒抱過人類的小嬰兒啦！」

「我也沒有啊！不，雖然我有抱過，但不是這種睡在地上的小孩啦。」

「哎呀，你們這兩個沒用的魔王跟勇者！」

鈴乃展開行動。

為了避免吵醒小女孩，鈴乃以熟練的動作緩緩抱起讓這群光存在本身就超越常識範圍的人們大吃一驚、自己卻睡得安穩的蘋果小女孩。

「喔，真行啊。」

「為了執行洗禮儀式，聖職者都必須學習怎麼照顧嬰兒啦！喂，艾謝爾！總之先把她帶到魔王城去！棉被、把棉被拿出來！」

「不、不准命令我，克莉絲提亞！啊、痛痛痛痛！」

在反抗的同時，蘆屋還是搖搖晃晃地撐起因跌落樓梯而感到疼痛的身體，率先爬上樓梯。

尾隨在後的鈴乃毫不猶豫地在樓梯前脫下草鞋，直接穿著白色的分趾襪踏上積滿了灰塵的樓梯。

「喂，惠美，妳也先上樓再說吧！話說鈴乃為什麼要脫掉草鞋啊！把那個拿上去！」

「一定是為了避免滑倒啦！話說回來，貝爾！這個！紙袋啊！」

惠美雙手抱著「門」開啟時自己跟鈴乃丟下的行李，勉強爬上樓梯。

「還有小千，小千怎麼了？從剛才開始就不見人影……啊？」

真奧此時總算發現在這起超自然事件發生前，就一直沒見到千穗的身影或聽見她的聲音。

但猛然一看，就發現千穗正在真奧剛才掩護她的樹前面對著天空發呆。

「喂、喂，小千？」

對千穗來說，應該不會事到如今才因為區區的超常現象（註：指與科學和常識相互矛盾的現象）就變得茫然若失才對。

難不成是因為「門」所發出的強烈光芒，對沒有魔力或聖法氣保護的千穗造成了什麼不好的影響嗎？真奧腦中閃過了不詳的預感。

然而仔細一看，千穗不但紅著臉，嘴邊還浮現幸福的笑容，露出彷彿正在作夢般的表情。

「喂、喂～小千？」

「…………抱住了。」

「嗯？」

真奧因為聽不清楚千穗在嘀咕什麼而將耳朵湊了過去。

「……緊緊地，被真奧哥，緊緊抱住了，欸嘿嘿，緊緊地……」

千穗露出打從心底感到幸福的笑容嘟囔著，同時將手抵在嘴邊。

「…………呃——」

真奧忍不住露出困擾的表情嘆了一口氣，接著——

「嘿！」

「呀！」

便用力在千穗眼前拍了一下手並吆喝了一聲。

似乎因為這道聲音而清醒的千穗，慌張地四處張望。

「快回來啊，小千！」

「呀！真、真奧哥！啊，我、我，那個！」

「沒關係啦，抱歉，現在不是說這個的時候，總之先回魔王城去吧！」

「咦？哇哇哇！真、真奧哥，手、手！」

沒等恢復清醒的千穗冷靜下來，真奧便拉著千穗的手走上樓梯。

就在包括蘋果小女孩在內，所有人總算都回到魔王城時，眾人才開始因為各自的理由而感到精疲力盡。

※

蘋果小女孩在蘆屋鋪的毛巾被上安穩地呼呼大睡，異世界人、惡魔與高中女生則是在一旁默默地吃著冰淇淋。

不，正確來說，只有千穗遲遲沒動湯匙，其他五人則是為了稍微逃避現實而埋頭吃冰。

最早吃完的惠美開口說道：

「……那我們就先告辭了……」

「給我站住！」

真奧抓住惠美的腳，攔下了打算起身逃跑的惠美。

「喂，別抓我的腳啦！」

儘管如此，惠美還是試著甩掉真奧。

「噓！艾米莉亞，這樣會吵醒她啦！」

鈴乃立起食指緩頰。

惠美雖然一臉不悅地老實坐下——

「……這跟我和貝爾又沒關係！你們自己想辦法處理啦！」

「……最好是沒關係！無論怎麼看，對方都是來找妳的吧！」

但兩人還是低聲吵了起來。

變成小女孩前的蘋果，確實是伸出手衝向惠美。雖然不曉得是對強烈的聖法氣產生反應，抑或滾到地上時手剛好對著惠美，但既然聖劍出現跟小女孩盯上惠美幾乎是同時發生，那麼想必理由應該是前者吧。

「要不妳就把她帶回去，要不就至少待在這兒直到釐清狀況為止！」

「我才不要！若跟我有關，那無論怎麼想都一定會很麻煩吧！既然如此，我想盡快離開這裡啦！」

「手……緊緊地……」

真奧與惠美爭吵不休，千穗則是仍然在一旁茫然地對著天空發呆。

「既然如此就更要交給妳處理啦，我已經受夠被捲入跟妳有關的麻煩了！」

「什麼啦！那你的意思是要積極地幫我解決麻煩嗎？」

「那怎麼可能！我的意思是自己的屁股自己擦啦！」

「下流！就算不用你說，可以的話我也想自己解決啊！不過那些都是別人擅自把事情弄大的，又不是我的責任！」

「妳這傢伙！」

「兩位安靜一點！她快被你們吵醒了啦！」

儘管蘆屋低聲出言規勸，但互相推卸責任的兩人音量還是變得愈來愈大。

「緊緊地，真奧哥的手好大喔……」

「……千穗小姐到底是怎麼了……」

「她從剛才開始就一直是那個樣子。」

「閉嘴，路西菲爾，我又沒問你。」

鈴乃眼見除了勸戒兩人的蘆屋以外再也沒其他人可依靠，便將手抵在額頭上發出呻吟。

「基本上，她是因為你燒了奇怪的火堆才來的不是嗎？應該是像七夕那次一樣被你叫來這兒的吧！」

「誰理妳啊！七夕那次又怎樣了！我才不想被妳這種連迎魂火是什麼都不曉得的傢伙找碴！那是日本的儀式，跟我一點關係也沒有！」

「你看吧！果然是被你叫來的！反正一定又是你苟且保留的魔力又對日本的儀式產生反應了吧！既然是自己叫來的，那就要負起責任啊！」

「什麼叫做苟且啊！這叫做戰略、戰略啦！別在那邊囉哩囉嗦的，偶爾也由妳來幫忙解決

麻煩怎麼樣！」

「什麼啦！講得好像我至今什麼都沒做似的！」

「妳不就是幾乎都被牽著走，然後什麼都沒做嗎？」

「你說什麼！」

「想打架嗎？」

「我說你們兩位很吵耶！」

面對旁若無人地進行低層次爭吵的魔王與勇者，鈴乃使出武身鐵光，毫不留情地往兩人頭上招呼。

就只有這次，蘆屋與漆原兩人都沒有阻止。

「喂，啊，對不起！」

「喂，這一下可不是鬧著玩的耶！」

只有比惠美高的真奧被槌面打中。

儘管鈴乃有調整力道，並未真的用力，但就算只是被普通的鐵鎚打到頭，一個不小心還是會受傷。痛得淚眼盈眶的真奧瞪向鈴乃。

「嗚……呼啊。」

一道隨著小小的呵欠與動作產生的摩擦聲，讓在場所有人的時間都停止了。

蘋果小女孩起身，邊打著呵欠邊揉眼睛。揉了一段時間後，小女孩轉頭看向四周，跟真奧對上視線。

「嗨……嗨。」

面對這道睡眼惺忪的視線，真奧試著先打聲招呼。

「嗚？」

雖然不曉得語言是否相通，但打招呼的意思應該有傳達出去才對。

「……腳安。」

然而與這樣的擔心相反，儘管有些口齒不清，但從小女孩口中講出的話，並非如同真奧或惠美當初來到日本時所使用的概念收發，而是純粹的日語。

「妳、妳會說日語啊？」

從「門」內出現的神祕蘋果小女孩，不知為何居然會說日語，真奧為了避免嚇到對方而跪在榻榻米上緩緩靠近。

「嗯，一點點。」

「一點點啊，嗯，原來如此。」

真奧曖昧地點頭後，便轉身向其他人求助，但卻從惠美、鈴乃、蘆屋以及漆原身上感到「繼續啊」的無言壓力。

雖然無法釋懷，但真奧還是鼓起勇氣繼續詢問蘋果小女孩。

「那個，妳到底是什麼啊？」

「呼？」

或許是因為無法理解這個問題的意思，蘋果小女孩以她大大的眼睛愣愣地回看真奧。而且似乎還有點害怕。

「呃，那個，名字，對了，妳、妳叫什麼名字？」

真奧回想起打工時的狀況，用應對客人小孩的感覺詢問。

這次小女孩的眼睛顯示出理解，再次打了個小小的呵欠後回答：

「阿拉斯．拉瑪斯。」

「阿拉斯．拉瑪斯？」

「嗯，阿拉斯．拉瑪斯……噗噫。」

這次則是打了個小小的噴嚏。或許是因為噴嚏而清醒，小女孩突然睜大原本半開的眼睛，開始活潑地環視周圍。

「哇！」

漆原因為這急遽的變化而忍不住後退，某種程度上已經習慣小孩子脫離常軌行動的真奧，則是勉強地順利維持平靜。

也正因為如此，真奧總算有餘裕仔細觀察這位自稱阿拉斯．拉瑪斯的小女孩外表。

以人類的年齡來看大約一歲或兩歲。雖然擁有足以反射陽光的稀有銀髮，但只有一部分像是挑染過的紫色。小女孩甚至連眼睛的顏色都是紫色。

雖然真奧耿耿於懷地看了一下小女孩的額頭，但那裡現在卻什麼也沒有。將自己的疑問先擺在一邊，真奧繼續問道：

「阿拉斯．拉瑪斯，是從哪裡來的啊？」

「嗯，基……？」

稍微煩惱了一會兒後，小女孩以疑惑的語氣回答了一個不清不楚的單字。

「基……？啊，是家吧？嗯，也對，是從家裡來的啊……家……啊，妳家在哪裡啊？」

「家……家？我不知道耶。」

「這、這樣啊……」

真奧慎重地在心裡斟酌問題。

「……妳有爸爸或媽媽嗎？」

「爸、媽？」

不曉得是因為字太長，或是還不認得這些字，阿拉斯．拉瑪斯困擾地搖了搖頭。

「換句話說，我想請阿拉斯．拉瑪斯告訴我關於妳爸爸跟媽媽的事情。」

面對身分不明、而且至少外表是人類的小孩，會想到問關於雙親的事情應該也是人之常情。只要那個回答——

「爸爸是……撒旦。」

不是這種內容。

在場所有人的視線都集中到真奧的背上。

「原來如此……妳爸爸是撒旦……啊？」

晚了一步才發現這驚人內容的真奧，緩緩轉頭看向其他人。

「……咦，我？」

「剛才……」

「她的確……」

「說了……」

「爸爸是撒旦對吧……」

「真、真奧哥？」

原本彷彿在作夢般茫茫然的千穗，突然清醒過來逼問真奧：

「真、真、真奧哥，你有小孩嗎？」

「等、等、等等，小千！」

「是那樣嗎？其實你在當魔王時，就已經有小孩了？」

「沒有！沒有啦，妳冷靜點！我怎麼可能有那種東西！」

「您、您說的是真的嗎？魔王大人！」

「喂！怎麼連蘆屋你也這樣啊！」

「若魔王大人有私生子，這對魔界來說可是一件大事啊！明明必須將她當成未來的王者並施以最高的英才教育，但為什麼孩子都長那麼大了，您卻還瞞著我呢！」

「等一下！為什麼你已經確定她是我的小孩了啊！」

「對、對了，對方到底是哪裡的來歷不明惡魔！魔王軍的惡魔幾乎都是男性，難不成是在進攻安特．伊蘇拉之前！」

「我就說不是這樣了！……咦？」

自稱阿拉斯．拉瑪斯的小女孩爬出毛巾被，往被千穗跟蘆屋同時詰問的真奧手邊前進。

「嗯咻，嘿咻。」

小女孩用短小的雙手緊緊抓著榻榻米，儘管腳步有些不穩，但還是繃緊那張天真無邪的臉緩緩站起。

總之，至少確認了她已經到能獨自站起來的年齡這個無關緊要的事實。

阿拉斯．拉瑪斯努力揮動四肢，跨越了半個榻榻米的距離抵達真奧身邊。

那副令人欽佩的身影，頓時軟化了所有人的表情，阿拉斯・拉瑪斯就在這樣的氣氛中拉起真奧的手，像是在聞味道般的撒嬌。

「……爸爸。」

然後露出滿臉笑容抱住真奧。

這一瞬間的緊張氣氛，實在是難以言喻。

千穗與蘆屋的臉抽動了一下，嘴巴彷彿缺氧的金魚般一開一合，漆原為了避免遭到波及而逃到房間角落，惠美和鈴乃則是因為不曉得該如何是好而茫然地佇立不動。

而此時最為混亂的，正是被認定為父親的真奧本人。

「等、等等！妳剛才到底是根據什麼來斷定我是妳爸爸的啊？」

「爸爸～」

「算我拜託妳，別用那種像是將炸藥丟進火山口的方式回答我啦！」

真奧拚命思考有沒有什麼方法能夠安撫臉色發白的千穗與蘆屋，之後總算想到了一個能突破現狀的問題。

但卻沒料到這問題只是將他推往更深地獄的序曲。

「對、對了！那妳媽媽是誰！」

阿拉斯・拉瑪斯訝異地睜大了眼睛回看真奧。

真奧打算利用自己從未見過的母親存在，來反過來證明自己的清白。

以人類的方式來換算，阿拉斯・拉瑪斯的外表看起來約一歲至兩歲。而一、兩年前正好是魔王與勇者展開死鬥的時期。蘆屋與惠美應該也很清楚當時真奧根本沒有找女惡魔的餘裕。

「媽媽。」

但阿拉斯・拉瑪斯沒有重複真奧的問題便乾脆地回答了。

在喊出「媽媽」這個詞的同時，阿拉斯・拉瑪斯毫不猶豫地將食指比向某處。

眾人一邊產生「原來她已經能自由地活動手跟手指啦」這種無關緊要的感想，一邊將視線移往阿拉斯・拉瑪斯所指的方向。

「……咦？」

而站在她所指方向的人，就是惠美。

「……我……我我我我……我？」

惠美的表情瞬間變得比在場所有人都還要蒼白。

明明還是盛夏，但魔王城的空氣已經完全凍結。彷彿是在揮出最後一擊般——

「爸爸，媽媽。」

阿拉斯・拉瑪斯清楚地依序指向真奧和惠美。

兩人因為無法理解發生了什麼事而茫然自失，緊接著——

「…………呼。」

「哇——！蘆屋！振作點！你沒事吧！」

漆原慌張地扶起瞬間失去意識，並整個人倒下的蘆屋。

「遊、遊、遊、遊佐、遊佐佐佐、遊佐小姐？」

千穗瞬間捏爛了手上還裝著冰淇淋的紙盒。

「父親是魔王，而母親是勇者啊？看來這場騷動，可不只是異變那麼簡單呢……」

鈴乃這句話，貼切地形容了接下來即將發生的地獄般狀況。

蘋果小女孩阿拉斯·拉瑪斯無視大人們的混亂，開心地用手在「爸爸」跟「媽媽」間反覆地比來比去。

魔王，生活發生劇變

就在發生了足以讓魔王城翻天覆地的事件後的隔日下午。
千穗先偷看了一下屋內狀況，再敲響傳出細微聲音的Villa・Rosa笹塚二〇一號室大門。
屋內先是傳出某人行動的聲響，接著便有一道氣息緩緩地接近大門。
「蘆屋先生？」
千穗從門外出聲詢問，隨著開鎖聲響起，眼睛下浮現黑眼圈的蘆屋跟著探出頭來。
「……妳好，佐佐木小姐……」
蘆屋的聲音中帶有沉重的疲勞，完全感覺不到平常那充滿生活感的霸氣。
「現在，沒關係吧？」
「……她剛才好不容易睡著了……總之先請進吧。」
「好的，打擾了。」
兩人一同壓低音量，小心地關上玄關大門以避免發出太大的聲音。
千穗脫了鞋進屋後，先停止腳步蹲下，輕輕地將手上的行李放在地板上。
此時連塑膠購物袋摩擦的聲音，聽起來都像是爆炸聲一般響亮。就在蘆屋於塑膠袋另一頭蹲下後，外面的路上傳來了一陣機車經過的尖銳聲響。

蘆屋與千穗瞬間屏住呼吸，一起看向在窗簾陰影下睡午覺的阿拉斯·拉瑪斯。

雖然兩人因為小女孩文風不動、熟睡的模樣而鬆了一口氣，但馬上又恢復為認真的表情。

「這個……總之，我先試著將想得到的東西都買來了。」

為了避免發出太大的聲音，千穗小心翼翼地緩緩拿出袋子裡的物品。

「除了奶粉跟無糖優格之外，我還試著買了幾種能夠微波的嬰兒食品……昨天晚餐時的狀況怎麼樣啊？」

「……昨天我將克莉絲提亞給的烏龍麵切碎，跟蛋與魚板一起煮軟拿去餵她後，她就乖乖地吃下去了。看來她不但會自己咀嚼，也會喝水，應該可以讓她吃跟人類一樣的食物吧。」

千穗輕輕點頭，接著又拿出了更多的東西。

「這是弄髒時可以用的消毒濕紙巾，這個則是兒童用牙刷。若她還不會自己漱口，就先別用牙粉。再來是保特瓶裝的水。」

「牙刷……這樣啊，昨晚沒幫她刷牙呢……小瓶裝的水？這個又跟其他的礦泉水有什麼不同嗎？」

「那是讓兒童補充水分用的口服電解液。」

蘆屋因為沒聽過的詞彙而睜大了疲憊的雙眼。

「現在不是很熱嗎？萬一出現脫水症狀，就能用這個連同水分一起補充鹽分跟糖分。請把

這個當成是小孩子用的運動飲料吧。」

「這跟大人喝的有什麼不同嗎？」

「這個被設計成就算讓小孩子喝，也不會對他們的身體產生負擔。雖然也能用普通的水來做，但這裡沒裝淨水器吧。」

千穗看了銀色水龍頭直接裸露在外的魔王城流理臺一眼。

「跟過去相比，東京的水好像有變得比較乾淨了，但若家裡或公寓的水管太舊還是沒意義……因為她原本是蘋果，所以我想跟水有關的方面還是盡量保持乾淨會比較好。不過這畢竟只是應急用，不能只讓她喝這個喔。」

「……原來如此。」

蘆屋佩服地點頭。

「還有，若要讓她喝東西，就請用這個餵她喝吧。」

千穗接著拿出一個附蓋子的塑膠杯，蓋子的正中央被設計成會自動彈出吸管。

「這根吸管裡面有裝設閥門，就算被弄倒，裡面的東西也不會漏出來。既然能像那樣說話，那麼她應該會用吸管才對……啊，安特．伊蘇拉也有吸管嗎？」

「我想……應該有吧，畢竟是人類生活的世界……艾莉西亞或克莉絲提亞應該曉得……」

「如果阿拉斯．拉瑪斯妹妹不曉得怎麼用吸管，就請用這個吧。」

千穗接著又拿出了一個寫著「兒童用麥茶」的鋁箔包飲料。

「麥茶也有分大人用跟兒童用嗎？」

「有喔。無論是用冷水還是熱水泡，市售麥茶都很容易變澀，小孩子不喜歡這種味道。而且比起內容物，重點在於鋁箔包飲料有附吸管，剛好可以讓她練習使用吸管。」

「練習使用吸管？」

「嗯。這是為了讓小寶寶知道只要一吸，飲料就會跟著出來，而大人則是要拿著鋁箔包中間，一點一點地幫小寶寶按飲料出來。這麼一來，小寶寶就不會排斥吸管，並學會自己用吸管喝飲料了。」

「……」

蘆屋看向千穗的眼神已經充滿了感動。

「還有，這些全部都是尿布！」

千穗拿出各式各樣的尿布。

裡面不但有像內褲的紙尿褲，也有傳統的膠帶型紙尿布，千穗接連拿出用各式各樣素材製作、有著五花八門外形的紙尿布。

「先一個一個試穿看看，再選最合身的來用吧。」

蘆屋接下千穗遞過來的尿布後，感動地低下頭。

「真的……真的是承蒙佐佐木小姐照顧了，我實在不曉得該如何向妳表達謝意……」

「怎麼會，你太誇張了啦。」

「不……若佐佐木小姐不嫌棄，我甚至還希望等魔王大人在日本累積實力、組織新生魔王軍時，能請妳來擔任首席大元帥呢！」

「這個，我心領了。」

光是提供嬰兒用品跟一些建議就能當上大元帥，對以征服世界為目標的魔王軍來說，這樣真的沒問題嗎？

雖然跟自己無關，但千穗還是感到擔心。

「而且真奧哥有先給我買這些必需品的錢，我只是去幫忙買東西而已。啊，零錢跟收據在這裡，麻煩幫我轉交給真奧哥吧。」

「……我確實地收下了，本人就算賭上性命……」

光為了保管零錢就賭上性命也很令人困擾。千穗一邊苦笑——

「而且，坦白講我有點高興呢。」

一邊看向動也不動地發出鼻息聲的阿拉斯．拉瑪斯。

「我堂哥已經結婚，而且有小孩了。每當到堂哥家玩時，都會幫忙照顧小孩並陪他們一起玩，所以我也從堂哥的太太那邊學到了很多照顧小孩的知識。」

「……原來是這樣啊……」

「而且，而且，那個……」

原本表情看起來顯得懷念的千穗，突然緊緊握住自己的左手，有些臉紅地小聲說道：

「若是有一天…………真奧哥…………跟我…………就好了。」

「那個，佐佐木小姐？」

「咦？啊、啊、啊、沒沒沒沒事，什麼事也沒有！」

滿臉通紅的千穗慌慌張張地搖頭與揮手。就在這時候，她因為剛好注意到一件事而詢問蘆屋：

「漆原先生上哪兒去啦？」

房間裡到處都找不到魔王城的不良債權、盈餘挖掘師、將體貼連同天使資格一同墮落的究極尼特族——漆原的身影。

除此之外，連漆原平常坐的電腦桌上的筆記型電腦也不見了。

「他該不會逃跑了吧？」

只要是認識漆原的人，都不會產生他外出工作或是出門買東西等積極的想像。基本上，漆原也沒有立場光明正大地在外面行走。

「嗯……不如說那傢伙若真的有那種程度的骨氣，我也不用這麼累了。」

蘆屋的額頭與嘴角抽動了一下，以沉痛的表情深深地嘆了口氣。

「……如同佐佐木小姐的猜測，昨晚阿拉斯·拉瑪斯的夜哭跟活潑真是遠遠超乎想像。」

不同於真正剛出生不久小嬰兒的夜哭，在理解周遭的狀況到一定程度後，會說話的阿拉斯·拉瑪斯的夜哭都會伴隨著具體的要求。

一方面也是因為家裡的關係，傍晚就回家的千穗，自然無法得知之後的狀況。

從蘆屋疲勞的程度來看，狀況似乎不怎麼樂觀。

千穗試著想像自己回去後的情形。

※

相較於外表的年齡，阿拉斯·拉瑪斯在語言方面顯得十分早熟。

她會說「爸爸是撒旦」，也會指著惠美叫「媽媽」。

跟全力否認的真奧一樣，惠美在從短暫的失神恢復之後，也激動地否認自己是那位小女孩的母親。

其餘四人雖然在一開始感到混亂，但實際上當然也不認為真奧跟惠美之間有犯下什麼差錯。畢竟魔王與勇者在不相往來方面，可是比水與油或是互斥的同極磁鐵還要全力以赴。而且從阿拉斯．拉瑪斯的外表年齡就能證明這一點，雙方也理所當然地對這件事沒有印象，不如說要是有還得了。

不過可想而知，在被自己認為是雙親的兩位大人否定後，阿拉斯．拉瑪斯馬上激動地哭了起來。

真奧雖然打從心底感到困惑，但還是拚命地出言安撫阿拉斯．拉瑪斯。

「吶？冷靜點，阿拉斯．拉瑪斯。妳的確是有爸爸跟媽媽，但是我跟這位姊姊並不是妳的父母。」

「咬厭啦——！撒旦爸爸，嗚哇！」

阿拉斯．拉瑪斯邊哭邊用小小的嘴巴大喊，發音自然也變得亂七八糟。

「這下麻煩了……喂，該怎麼辦才好啊？」

「…………」

「喂，惠美……」

「…………」

「……嘿！」

「呀！」

真奧在因為不知如何是好而發怔的惠美眼前，「啪」地拍了一下手。

鈴乃則是慌張地扶起嚇得當場坐倒在地的惠美。

「嘛～嘛～！」

哭得一把鼻涕一把眼淚的阿拉斯．拉瑪斯衝向惠美。

雖然只聽得見嘶吼聲，但阿拉斯．拉瑪斯應該是邊叫「媽媽」邊抱住惠美吧。

無法躲開的惠美只好將小女孩接到懷裡。

「嗚哇哇哇哇哇哇哇！」

「喂，啊，咦？」

惠美的身體感覺到了一股超乎想像的沉重衝擊。

哭著抱住自己的孩童。這對勇者來說是絕對必須守護的對象。

但這孩子卻稱自己為「媽媽」。面對眼前出乎意料的狀況，不曉得該如何反應的惠美只能將手肘維持在奇怪的角度，無法採取進一步的行動。

「我、我該怎麼辦才好……咦？」

困惑的惠美倏地抬頭一看……

「別那樣看著我啦！」

沒想到在場所有人都在全力注視惠美的行動會產生什麼結果。

「嗚……你們該不會忘了吧，這孩子可是接下了聖劍喔？或許並不像外表那樣是個普通的小孩也不一定。」

「不過艾米莉亞，在這種狀況下，就算妳這麼說也沒用啊。試著想像一下那孩子將妳當成母親般戀慕的心情吧。」

「貝爾！別因為跟自己無關就說得那麼輕鬆啦！」

「嗚哇哇哇哇哇哇哇哇哇！」

「有、有什麼關係，遊佐小姐！要、要是能交換，我還想代替妳呢！」

「千穗則是好像有其他的意圖……」

「媽～媽～！」

「啊啊，真是的，我就說我不是妳媽媽了……討厭啦……」

放棄似的惠美戰戰兢兢地將手放在阿拉斯．拉瑪斯的肩膀上。

為了讓阿拉斯．拉瑪斯冷靜下來，惠美匆忙將她抱了起來。

「……」

這次惠美又因為小女孩遠遠超出自己想像的輕盈而嚇了一跳——明明阿拉斯．拉瑪斯抱住自己時產生的衝擊是那麼地沉重。

小女孩擁有彷彿一用力就會壞掉般的柔軟肌膚與骨骼。惠美一時忘了自己說過的「接下聖劍」這個事實，戰戰兢兢地抱起阿拉斯．拉瑪斯。

「…………」

惠美死心地低下頭。阿拉斯・拉瑪斯與惠美襯衫間那座用鼻水連起來的吊橋，散發出銀色的光輝。

「嗚……嗚嗚……媽媽──」

阿拉斯・拉瑪斯在全心全力哭泣的同時，依然用大大的眼睛確實地看向惠美的臉，對她寄以尋求庇護的稚嫩信賴。

「真、真是的……真拿妳沒辦法……」

拗不過阿拉斯・拉瑪斯的惠美，只好確實地將小女孩「抱」了起來。

惠美讓小女孩的下巴抵在自己肩上，阿拉斯・拉瑪斯也用嬰兒般柔軟的手臂緊緊抱住惠美的脖子與肩膀。

「嗚……媽媽……呼。」

阿拉斯・拉瑪斯原本聲嘶力竭的哭聲逐漸恢復平靜，在惠美耳邊輕輕地抽噎。

很可愛，但令人困擾。不過好可愛。真是困擾。這是惠美發自真心的想法。

惠美為了安撫黃色連身裙小女孩而輕撫她的背部，同時對真奧說道：

「那麼……接下來該怎麼辦？」

「就算妳這麼說，到底該怎麼辦才好呢？」

「是我在問你吧。」

「雖然無關緊要，但妳抱她的姿勢還挺有模有樣的呢。」

「……你不曉得這句話是在自掘墳墓嗎？」

「喂，有件事情讓我很在意，為什麼這孩子知道真奧是撒旦呢？」

漆原交替地看了阿拉斯．拉瑪斯與真奧一眼後說道。

「真奧跟我不一樣，惡魔和人類的外表差很多吧。」

「我怎麼知道。不過她剛才聞了我的手，應該是有什麼只有這孩子知道的共通點吧。」

「真奧的手應該只有麥丹勞油的味道吧。」

「那味道很棒吧！」

真奧針對奇怪的地方反駁。

「……這下可沒轍了。」

罵完漆原後，真奧臉色凝重地看著阿拉斯．拉瑪斯說道。

差點從惠美手中滑落的阿拉斯．拉瑪斯稍微掙扎了一下後，便再度緊緊地抱住惠美的脖子。惠美也穩穩地撐住阿拉斯．拉瑪斯的屁股。

「對了，這會不會是銘印現象啊？在變成小寶寶後，將第一個看見的真奧哥跟遊佐小姐當成父母之類的。」

千穗舉手發言，但真奧還是搖了搖頭。

「雖然也有這個可能，但即便如此，也不會說出『爸爸是撒旦』這種話吧。而且阿拉斯．拉瑪斯所說的既不是『真奧』，也不是『魔王』。所以這就表示有人在她面前稱我為『撒旦』囉？」

「啊，原來如此……」

「雖然『撒旦』在魔界是很普遍的名字，但既然她都特地來日本找我這個『撒旦』了。所以這孩子指的『撒旦』應該是我沒錯吧。」

「那、那麼，真奧哥，你的意思是要認領阿拉斯．拉瑪斯囉！」

「小千小千，妳的用詞也太有真實感了吧。」

真奧無力地回應激動的千穗。

「雖然我很在意撒旦居然是個普遍的名字，但總之你到底想說什麼？」

在鈴乃的催促之下，真奧點頭回答：

「最簡單的說法就是，某人讓阿拉斯．拉瑪斯擬態成蘋果的樣子後，將她送來我這裡。還有——」

「……雖然不曉得那個人是敵是友，但最近一定會過來這裡，對吧？」

抱著阿拉斯．拉瑪斯的惠美以認真的表情接了下去。

「事情就是這樣。雖然我不怎麼想說，但這次一定又是跟妳有關吧。不管怎麼看，這孩子都不像會跟魔界有所牽扯。」

「……你很囉唆耶……將他人捲進來，我也覺得很不好意思啊，不過僅限於千穗而已。」

「別限定對象，好好將範圍擴大啦。」

「為、為什麼又是跟遊佐小姐有關呢？」

惠美看向抱著阿拉斯．拉瑪斯的右手，回答擔心的千穗。

「這孩子接下了聖劍，並對叫出聖劍的我有所反應。光這些就足以確定這點了。千穗應該也記得沙利葉想要我的聖劍吧。」

千穗在前幾天大天使沙利葉的襲擊事件中，也跟惠美一起遭到綁架。當時沙利葉就是打算用自己的特殊能力「墮天邪眼光」，來從惠美手中搶走聖劍。

「沙利葉並沒有提到自己為何想要聖劍。明明還沒打倒這窮光蛋魔王，怎麼能讓其他人搶走聖劍呢。現在那個理由尚未明朗。而有辦法擋下聖劍的這孩子卻出現了。要認為她跟這些事情無關反而比較勉強吧？」

「不要裝得好像很認真在考察，然後趁機說我的壞話啦！」

惠美無視真奧的吐槽，繼續向千穗問道：

「話說回來，沙利葉最近的狀況如何？那傢伙這幾天都在做什麼啊？」

千穗簡潔地回答：

「他變胖了。」

「咦？」

「因為那個人為了見木崎小姐，不但每天每餐都跑來麥丹勞報到，而且還都點加大的套餐喔？他知道木崎小姐對那些就營業額有貢獻的人很親切。所以才過了一個禮拜，他就胖得好誇張呢。」

雖然沙利葉的任務因為真奧覺醒為魔王而失敗，但他還是將之前偽裝的身分——肯特基炸雞店幡之谷站前店店長猿江三月——當成了自己正式的身分。

沙利葉對真奧的上司，亦即麥丹勞店長木崎真弓一見鍾情，為了實現這份戀情，他將天界與任務全都拋在腦後，每天頻繁地跑去麥丹勞。

由於木崎並非總是待在店裡，因此身為代理店長的真奧偶爾也會碰到沙利葉，畢竟沙利葉甚至斷言為了貫徹對木崎的愛，就算墮落為墮天使也在所不惜。

他似乎知道在麥丹勞裡的行為都會傳到木崎耳中，所以對真奧或千穗的態度也親切到令人覺得噁心，彷彿過去所做的那些惡行都是騙人似的。

「……唉，雖然不曉得那個大笨蛋天使跟這件事有沒有關係，只希望若發生了什麼麻煩後，那傢伙別來瞎攪和就好了。那傢伙在各方面都很妨礙營業。」

「沙利葉啊……姑且不論聖劍的問題，我想他跟阿拉斯．拉瑪斯應該無關。」

鈴乃如此說道。

「他在之前那場戰鬥中並未耗盡聖法氣，純粹是出於自己的意志選擇不回去罷了。既然如此，若他跟阿拉斯．拉瑪斯有關，應該會馬上飛奔過來才對。」

漆原因為這句話而不自覺地啟動了外面的監視器，千穗從廚房的窗戶看向公共走廊，蘆屋則是從玄關悄悄地窺視外面。

「而且『阿拉斯．拉瑪斯』也並非屬於天界語言，這很明顯是在安特．伊蘇拉所使用的人類語言。」

「咦？」

「『阿拉斯』是『翅膀』。『拉瑪斯』則是『枝』。這兩個單字皆出自只在『伊蘇拉．聖特洛』使用的『中央交易語言』。」

中央交易語言是在聯繫安特．伊蘇拉東西南北所有貿易的伊蘇拉．聖特洛，為了使度量衡與交易能夠公平所創造出來的國際輔助語。

雖然只有從政者、高位聖職者以及貿易商會使用中央交易語言，但理論上來說，這也是唯一能在全安特．伊蘇拉通用的語言。

「換句話說，替這孩子取了擁有特殊涵義姓名的親人，就位於安特．伊蘇拉的某處。雖然

不曉得對方是人類還是天使。但總不會是惡魔吧……」

不過到底是誰、又是基於什麼樣的意圖替她取了這個名字，至今仍讓人摸不著頭緒。

「也就是說，現在我們完全處於被動狀態。只能帶著身分不明的阿拉斯．拉瑪斯，等待送她來的那位不曉得是敵是友的對象了。」

真奧以認真的表情做出結論。惠美跟鈴乃也難得地聽真奧說話。

「結果到最後，還是回到了誰要負責照顧阿拉斯．拉瑪斯這個問題呢。」

漆原接著說出這句話，魔王城內頓時只剩下從外面傳進來的蟬鳴聲。

「我還在想她怎麼從剛才開始就那麼老實，原來是睡著啦。」

真奧看向將臉抵在惠美肩膀上後，就這麼睡著了的阿拉斯．拉瑪斯。

「……真希望事情不會演變到連這麼小的孩子，都被捲入奇怪的陰謀裡面呢。」

惠美嘆了口氣，用手輕撫懷裡的阿拉斯．拉瑪斯背部。

「要是沒有之前那個蘋果的階段，真的就只是個普通的小娃娃呢。妳看妳看。」

真奧戳著小女孩的臉頰取樂。惠美則是板起臉勸阻。

「喂，住手啦。人家好不容易才睡著耶。」

真奧在被規勸後縮回了手。

「唔……遊佐小姐，感覺好好喔。」

千穗從正面看著這三人看似融洽地相處在一起的樣子。雖然是令人會心一笑的畫面，但千穗還是因為愈來愈羨慕而鼓起了臉頰。

「千穗小姐、千穗小姐。妳的真心話都表現在臉上了。」

經鈴乃這麼一提醒，千穗才好不容易回過神來。

惠美將阿拉斯·拉瑪斯帶開以遠離出手戲弄的真奧後，嘆了口氣。

「我無法收留她喔。畢竟我是獨居，而且又有工作，能照顧她的時間有限。」

「但對魔王城的家計而言，要再增加人口也有困難。更何況沒什麼比三個大男人更不適合照顧小娃娃了吧。」

蘆屋也立刻反駁。魔王城不但原本就有個吃白飯的傢伙，還在沒空調的三坪大房間內擠了三個男人，可說是最不適合養育小孩的環境。

「對不起……雖然我很想幫忙，但我想不出理由來說服父母。」

千穗不好意思地說道。

「千穗小姐不用在意。真要說的話，這原本就是安特·伊蘇拉的問題。」

鈴乃將手放在千穗肩膀上安慰她。

「看著大人們為了自己的方便將無家可歸的孩子推來推去，感覺實在是不太舒服。我現在並沒有工作，就算收留她也沒問題喔。畢竟我可是有同時照顧許多小孩子的經驗。」

雖然鈴乃外表的年齡看起來跟千穗相同或甚至更年輕，但考慮到她在大法神教會的經歷跟職務，實際上應該是女性陣容中最為年長的人。

由於每個人都本能地了解到追問這點將會有生命危險，因此也沒有加以追究，但考慮到年齡跟聖職者這職位的功績，鈴乃確實是最適合的人選。

畢竟鈴乃做家事時固定都會穿浴衣搭配炊事服與三角頭巾，而試著想像她搭著背帶背著阿拉斯·拉瑪斯時的模樣，也的確是非常地有模有樣。

鈴乃的這番提議，讓惠美、蘆屋、千穗以及看起來完全沒有意思要幫忙的漆原都露出了放心的表情。

「……」

只有真奧一個人依然擺出不悅的表情。

看似跟「進化聖劍·單翼」有關的小女孩即將被大法神教會的聖職者收養，同時現場的氣氛也因為這理想的結果而暫時平靜了下來，但真奧卻反覆地看向惠美、阿拉斯·拉瑪斯以及自己的手。

「……那個，真奧哥？」

或許該說是理所當然，結果是千穗發現了真奧的異狀。

「你……怎麼了嗎？」

「嗯，有一件，不，應該說有兩件讓我覺得納悶的事。」

真奧沒看向千穗的表情，對著惠美的臉說道：

「雖然可能是我想太多了也不一定……」

真奧說完後便將手抵在自己的額頭上。千穗因為不曉得真奧說的話是什麼意思而感到疑惑。但陷入思考的真奧沒注意到千穗並未回應，就繼續嘟囔道：

「……為什麼她不是說『媽媽是艾米莉亞』呢……」

「咦？」

千穗因為真奧說的話完全無視之前的發展而睜大了眼睛。

但在這一瞬間，千穗的內心閃過了一絲更甚於這點、難以言喻的疼痛。

千穗馬上試著自己消除這份疼痛。

她知道「艾米莉亞」是惠美的本名，也了解惠美或鈴乃對真奧來說是敵人。

但千穗還是這麼想著。

「不曉得我……會不會有不再是『小千』的一天呢……」

自己只是一位知道他們祕密、沒有任何特別力量的高中女生。

姑且不論告白尚未得到對方回應這點，在被沙利葉綁架時，真奧就曾斷言自己是必須守護的部下。

自己不過是知情而已。於公於私，無論發生什麼事情，自己都只是被真奧守護的存在。

理性的自己認為必須要有自知之明，貪心的自己則是希望能被用對等的名稱稱呼，但正好就在此時，兩者的胸口都難過地糾結不已。

「嗯？小千，妳剛才有說什麼嗎？」

「……對不起，沒什麼。」

千穗對無法區分狀況的自己感到羞恥，稍微退出了圍繞著阿拉斯．拉瑪斯的人群。

真奧當然沒發現千穗的狀況，在稍微猶豫了一下後便語出驚人地說道：

「決定了。阿拉斯．拉瑪斯就由魔王城來照顧！」

※

「……結果漆原先生到底上哪兒去了呢？」

千穗在回想起昨天的騷動後，重新詢問蘆屋，沒想到卻從令人意外的地方得到了回答。

「啊～好熱喔，蘆屋，飯還沒好嗎？」

壁櫥的拉門「喀啦」一聲地打開，微微冒汗的漆原從裡面走了出來。

「啊，什麼嘛，是佐佐木千穗來啦。」

千穗因為這突發狀況而語塞。

仔細一看，手電筒、電腦以及小型電風扇也都被帶進了壁櫥裡，漆原就這麼在千穗眼前走了出來，若無其事地走到冰箱前面拿出裝了麥茶的水壺，再度回到壁櫥裡面。

「妳可以放輕鬆一點沒關係喔。」

說著說著，像派不上用場的貓形機器人般的漆原便關上了壁櫥。

「……蘆屋先生……」

「我什麼都沒看見。」

蘆屋無力地即時回答。

「現在那傢伙只要別出現在我視線範圍內就夠了。雖然昨晚魔王大人跟我不斷輪流安慰夜哭的阿拉斯．拉瑪斯，但她還是哭個不停，不斷喊著『媽媽在那裡』……路西菲爾則是從昨晚開始就幾乎一直待在壁櫥裡面。」

「像漆原先生這種人，還是出現脫水症狀變成人乾算了。」

千穗打從心底同情蘆屋。

在真奧說出要收養阿拉斯．拉瑪斯時，曾遭到最早表示要負責照顧的鈴乃反對。

但睡醒的阿拉斯．拉瑪斯一說想跟爸爸、媽媽在一起後，鈴乃便乾脆地放棄了。

「我們應該要尊重小孩子的意思。不過若發生了什麼對小孩子的教育有害的事情，那我會馬上把她帶走。」

當然她也沒忘了對真奧提出警告。

這是來自魔王城的鄰居——目前擁有比起三位惡魔加起來還要強大聖法氣的鈴乃所施加的壓力。

但問題還是在「媽媽」身上。惠美跟鈴乃不同，並非住在附近。

雖然在阿拉斯・拉瑪斯接受跟真奧一起住後，便大致解決了一開始的問題，但當惠美打算先完成原本的目的帶鈴乃去買東西時，阿拉斯・拉瑪斯便開始散發出不穩的氣息。

「媽媽，妳又要丟下我了嗎？」

被阿拉斯・拉瑪斯含淚這麼一說，惠美頓時語塞。

「……？」

真奧雖然對阿拉斯・拉瑪斯的話感到納悶，但還是勸導般的說道：

「喂，阿拉斯・拉瑪斯，聽我說，媽媽啊，只是出門一下而已。」

「出門？」

「嗯，她一定會回來啦。」

「……真的嗎？」

惠美因為那道依賴自己的視線而猶豫不決，真奧則是在阿拉斯・拉瑪斯後面無聲地喊著

「就算說謊也沒關係，快回答啊」。

「真、真的，我一定會回來啦。」

「要乖乖地等我喔。」

看見阿拉斯．拉瑪斯因為相信惠美的話而坦率地點頭後，除了漆原以外的所有人內心都像被刺到般的感到難過。

一部分也是因為發生了阿拉斯．拉瑪斯的事，惠美跟鈴乃出門時已經接近傍晚。千穗也因為必須回家，所以不曉得接下來發生了什麼事……

「遊佐小姐，之後沒有回來嗎？」

「不，她有跟克莉絲提亞回來過一次……不過，就是這樣才糟糕啊。」

「阿拉斯．拉瑪斯好像想跟艾米莉亞一起睡呢。」

魔王城的大門開啟，鈴乃又抱了更多的購物袋走了進來。

「鈴乃小姐。」

「艾謝爾，這是你託我買的便當跟營養補給飲料。」

鈴乃粗魯地將購物袋遞給蘆屋。蘆屋也緩緩地接了下來。

「……我可不會道謝喔，多少錢啊？」

「這是奧瑞恩便當的薑燒肉片便當。一份五百圓。營養補給飲料是我的儲備品，就當做是附送的吧。」

「……」

蘆屋無言地從口袋裡拿出五百圓硬幣，起身拆開便當的包裝。

「……佐佐木小姐，不好意思，我先去吃個午餐……」

「咦？啊，好、好的，請別在意。」

「哎呀？吃飯啦？」

聞到薑燒肉片香味的漆原神采奕奕地打開拉門探出頭來。

「你這個飯桶給我閉嘴！」

蘆屋此時的表情與聲音，完全符合一年就鎮壓安特．伊蘇拉東大陸的惡魔大元帥艾謝爾之名，顯露出難以想像是這個世界會有的恨意，漆原也難得一語不發地便縮回了壁櫥。

蘆屋沒搭理千穗跟鈴乃，開始無力地吃起便當。

「那位蘆屋先生，居然會出錢買奧瑞恩便當來吃……」

千穗精準地看出蘆屋的異常之處，在做出評論的同時輕輕擦了一下眼淚。

「昨晚的夜哭真的是超乎想像。連隔著一道牆的我都被吵醒了好幾次。」

仔細一看，鈴乃居然難得地化了淡妝。

這對平常不化妝就四處溜達的鈴乃來說是一件非常稀奇的事。從她眼角疲累地下垂來看，

似乎是受到了相當的影響。

「今天早上也是吵得不得了呢。阿拉斯・拉瑪斯極度不願意讓魔王去上班。畢竟艾米莉亞雖然回來過一次，但結果還是又離開了，所以她擔心魔王也會一去不回吧。」

「原來如此……不過，遊佐小姐也不方便住在這裡吧。」

千穗心想，總不能讓一位女性，而且還是勇者住在魔王城吧。

儘管惠美其實已經在魔王城留宿過一次了，但有些事情還是別知道會比較好。

雖然似乎也能讓她住在鈴乃的房間，但實際上這個方法還是不可行。

鈴乃的房間裡只有最低限度的化妝品，而且現在是夏天，替換衣物可說是必備之物。

話雖如此，若每次都跑回去惠美位於永福町的公寓拿，笹塚的澡堂就要關門了。對隔天早上要上班的惠美來說，無論如何都必須洗澡才行。

「艾米莉亞也很在意，但果然還是無法違抗現實狀況。」

鈴乃說完後便從浴衣袖子裡拿出手機，打開畫面讓千穗觀看。

簡訊畫面上顯示著「艾米莉亞」——

『我明天會馬上過去看看狀況，不好意思，先麻煩妳照顧她了。』

以及這樣的內容。

千穗看了之後，比起簡訊內容，更專注於來回看向手機與鈴乃的臉。

「鈴乃小姐，妳買手機啦？」

「嗯？啊，這是昨天買的。我麻煩艾米莉亞教了我很多事。」

「哇！我們來交換手機號碼吧！妳應該是買docodemo吧？」

鈴乃的手機並非現在流行的滑蓋式，而是普通的摺疊式手機。

「交、交換啊，感覺有點難為情呢。我記得應該有類似紅外線槍的號碼交換功能才對。」

雖然鈴乃一臉凝重地在手機上尋找那項似乎能打倒巨大怪獸的功能，但摸索了一會兒後，還是投降似的將手機遞給千穗。

「……不好意思，千穗小姐，我對手機不太清楚。能麻煩妳幫我操作嗎？」

「我是無所謂啦，但讓我擅自拿來操作沒關係嗎？」

「沒關係。我才剛買而已，電話簿裡面也只輸入了艾米莉亞的名字。」

雖然千穗對機械並沒有特別拿手，但就算自己的手機跟鈴乃的不一樣，只要稍微摸索一會兒，還是找得到那些常用的功能。

然而千穗收下手機掀開來後，卻感覺到了些微的違和感。

儘管千穗自己也是使用docodemo的摺疊式手機，但印在鈴乃手機按鍵上的文字，明顯比千穗的還要大。

除此之外，鈴乃的手機鍵盤上方還坐鎮了三個寫著「1」、「2」、「3」，極度充滿存

在感的按鍵，別說是自己或家人的手機了，就連在朋友的手機上，千穗都沒見過這種設計。

讓她確信這一點的，是位於鍵盤左下那顆寫了「使用方法」的按鍵。

「鈴乃小姐……這該不會是，docodemo的『輕鬆打手機』吧？」

面對千穗的質問，鈴乃驚訝地點頭。

「千穗小姐真厲害！妳光用看的就能判別機型嗎？」

「嗯、嗯。」

「我對機型並沒有特別的堅持，只要有通話功能就足夠了。再加上我對操縱機器沒什麼自信，所以在告訴店員希望操作方面能盡量簡單一點後，就選了這支。」

鈴乃得意地炫耀，千穗見此便放棄繼續深入思考。

雖然電視廣告的畫面幾乎都在宣傳這機型適合不擅長使用機器的老年人，但法律也沒規定年輕人不能使用輕鬆打手機。

千穗不一會兒便找到鈴乃手機的紅外線傳輸功能，並將其對準自己手機的紅外線端交換好了號碼。

「好，結束了。我的號碼已經送到鈴乃小姐的手機裡面了。」

「讓您見笑了。畢竟我的知識還停留在黑色的轉盤式電話，就算看了說明書，還是連基本用語都看不懂。」

鈴乃害羞地說著並接下電話。

就在這時候——

「……爸爸～」

在場所有人都畏縮地看向聲音的源頭。

照理說才剛睡著的阿拉斯·拉瑪斯緩緩起身，睡眼惺忪地環視周圍。

「嗯唔……」

嚇了一跳的蘆屋因為被薑燒肉片噎到而發出含混不清的聲音。

「爸爸呢？」

在周圍的大人裡找不到真奧跟惠美的阿拉斯·拉瑪斯，轉眼間就變得臉色發紅，開始流下大顆的眼淚。

「爸～～爸啊啊啊啊啊啊啊啊！」

接著便一口氣爆發出來。蘆屋連忙用麥茶吞下薑燒肉片想去安慰小女孩，但最後還是只能不知所措地面對這只能用著了火來形容的激烈哭鬧。

「蘆屋先生，麻煩讓一下。」

唯獨千穗以冷靜的表情將躊躇不前的蘆屋推到一邊。

「蘆屋先生，這個尿布是……」

阿拉斯·拉瑪斯雖然有包尿布，但那個尿布卻明顯膨脹了起來。

「啊，那是我昨天買回來的。」

鈴乃回答。

「因為艾米莉亞回去後，阿拉斯·拉瑪斯誇張地尿了出來呢。雖然完全忘了考慮上廁所的事，但因為當時藥局已經關門了，所以只好到車站前的便利商店……」

在魔王城的廁所旁邊，雜亂地放著一小堆被撕開的尿布包裝袋。

「……蘆屋先生，這樣不行啦。」

「為、為什麼？」

「難怪她會哭。你昨天晚上該不會一次都沒幫她換過尿布吧？」

千穗以嚴厲的語氣責備蘆屋，拿出新尿布攤開放在地上。

在讓阿拉斯·拉瑪斯躺到上面後——

「蘆屋先生，我買來的袋子裡面有一個類似滴管的瓶子，用自來水也沒關係，麻煩你用它裝點水過來。」

「好、好的，不過，因為水管很熱，所以水會有點溫溫的。」

「那樣比較好。請你動作快一點！」

千穗快速下達指示，在蘆屋與鈴乃眼前單手拎起阿拉斯·拉瑪斯雙腳，用空下來的手解開膠帶型尿布。

「好～我來幫妳把屁股弄乾淨喔～」

千穗接下裝了溫水的瓶子後，便握著它慢慢地清洗阿拉斯．拉瑪斯的屁股。雖然蘆屋與鈴乃瞬間嚇了一跳，但流下來的水全都被尿布的吸收劑給吸收了。

將瓶子放在一邊後，千穗用濕紙巾擦乾淨剩下的髒東西，將濕紙巾丟到尿布上，先稍微抬高阿拉斯．拉瑪斯的屁股，再快速地將尿布拉到旁邊。

千穗用單手完成這一連串的動作後，便緩緩地將阿拉斯．拉瑪斯的屁股放在一開始鋪好的新尿布上，再快速固定好膠帶。

等注意到時，原先哭得十分激烈的阿拉斯．拉瑪斯已經在不知不覺間停止哭泣。

蘆屋驚訝地看著千穗和阿拉斯．拉瑪斯。

「……我還以為她是因為在找艾米莉亞、覺得寂寞才哭泣呢……」

「雖然這也沒錯，但小寶寶表達不舒服的語言種類並不多。在發生討厭的事情時，就只能用自己知道的聲音來哭。」

千穗將舊尿布連同垃圾一起包起來，丟進可燃垃圾裡。在用濕紙巾擦過手後，千穗抱起阿拉斯．拉瑪斯，磨蹭她蘋果般的臉頰。

「吶？妳討厭髒髒的對不對？」

「嗚嗚。」

雖然不曉得是單純呻吟還是表達肯定，但至少阿拉斯．拉瑪斯還是回應了。

總而言之，阿拉斯．拉瑪斯夜哭的原因是累積在尿布中的排泄物。

「放心吧。妳爸爸跟……媽媽……一定都會回來啦。妳要乖乖地等他們喔。」

儘管稱惠美為「媽媽」在心理上有些抵抗，但對著小娃娃想這種事也沒用，因此千穗只好斷念、專心地安撫阿拉斯．拉瑪斯。

「喔。」

即便現在依然淚眼盈眶，但阿拉斯．拉瑪斯還是筆直地仰望露出溫柔笑容的千穗，確實地點了一下頭。

「真是的……好可愛喔，乖孩子乖孩子。」

小女孩用小小的手擦眼淚的活潑模樣，讓千穗忍不住破顏而笑。

「咦……？」

千穗看見停止哭泣的阿拉斯．拉瑪斯額頭，浮現出彷彿新月般的紫色花紋，並全身散發出與連身裙相同顏色的微弱光芒。

但這些現象轉眼之間就消失了。

雖然阿拉斯．拉瑪斯看起來並未發生什麼太大的變化，但千穗還是因為再次體會到這小女孩是異世界的居民而嘆了口氣。

即便如此，自己能做的依然只有在能力範圍內對她傾注關愛，於是千穗再度緊緊地抱住了阿拉斯．拉瑪斯。

「哇噗。」

阿拉斯．拉瑪斯驚訝地叫了一聲。

蘆屋見狀，便消沉地將手放在榻榻米上。

「我果然還是比不上佐佐木小姐……我真是替被稱為智將便得意忘形的自己感到羞恥……這巧妙利用尿布功能的換尿布技巧……實在是令人茅塞頓開……」

無論宇宙再怎麼寬廣，大概也只有蘆屋這位惡魔會在征服世界的過程中被迫替小嬰兒換尿布吧，但他本人倒是非常認真地在替自己的缺乏見識感到反省。

不曉得該如何安慰蘆屋的千穗，為了轉移話題而抬頭看向牆壁上的時鐘。

「遊佐小姐大概幾點會來啊？」

「因為要等到下班以後，所以我想最快也要傍晚六點吧。」

「鈴乃小姐知道遊佐小姐的排班表嗎？」

「不知道，但我有埋伏過她。」

千穗雖然聽不懂鈴乃的話，但還是因為突然想起了什麼而看向自己帶來的包包。

「鈴乃小姐，不好意思。我包包裡有個粉紅色封面的記事本，能麻煩妳幫我把它拿出來，並攤開夾在封面底下的那張紙嗎？」

「嗯，稍等一下……是這個嗎？」

因為抱著阿拉斯．拉瑪斯而空不出雙手的千穗，定睛細看鈴乃幫忙攤開的紙。

「真奧哥今天直到午餐時間為止都要擔任代理店長，木崎小姐會在尖峰時間之後過來，啊，他剛好能夠早點下班呢。下午四點啊。」

除了透過電腦管理出缺勤之外，木崎還會另外發手寫的排班表給員工。根據那份排班表，真奧今天的工作會在下午四點時結束。

現在是下午兩點半。千穗對比了一下手機顯示的時間與排班表。

「對了，要不要把阿拉斯．拉瑪斯妹妹帶去麥丹勞啊？」

「咦？」

「什麼？」

蘆屋與鈴乃驚訝地看著千穗。

「我想她一直待在家裡也很無聊吧。或許出去散個步換換心情後，會回想起什麼也不一定，而且這麼一來不就能早點見到『爸爸』了嗎？」

「爸爸！」

千穗懷裡的阿拉斯．拉瑪斯敏感地對「爸爸」這個字眼產生反應，高興地舉起雙手。到頭來她還是最喜歡爸爸了。

但蘆屋卻從原本消沉的姿勢抬頭反駁：

「雖然我不知道魔王大人是基於什麼樣的考量收留阿拉斯．拉瑪斯，但在還摸不清楚這孩子周圍的狀況之前，隨便帶她出去說不定會有危險……」

「不，我贊成千穗小姐的意見。即使周圍的形勢可能有點危險，但為了改變現在的狀況，還是有必要下定決心採取行動。這個國家的社會體系也沒天真到能讓你們一直照顧不認識的孩子吧。好比說若阿拉斯．拉瑪斯生病了，難道你打算在無法證明親戚關係、又沒有保險的狀況下帶她去看醫生嗎？」

面對鈴乃義正辭嚴的辯駁，蘆屋無言以對。

鈴乃看向被千穗抱在懷裡、開心到彷彿剛才那些哭聲都是騙人似的阿拉斯．拉瑪斯。

「放心吧。現在的我有自信能跟一般的惡魔或天使交手。而且只要狀況有所變化，就能決定接下來的行動。這對你們來說也是件好事吧？」

「的確……是這樣沒錯。」

「而且啊，艾謝爾。無論狀況如何改變以及她的真面目為何，就守護阿拉斯．拉瑪斯的身心這點來說，我們所有人的立場不是早就一致了嗎？」

「我可沒考慮到那個地步喔～」

在場所有人皆無視那道從壁櫥裡傳出來的聲音。

「既然如此，考慮到阿拉斯．拉瑪斯的身心健康，帶她出去散散步應該也未嘗不可吧？」

鈴乃看了壁櫥一眼。

「而且感覺那傢伙的存在，對幼兒教育會有不好的影響。」

「我也有同感。」

千穗用力地點頭。

「你們在說我的壞話對吧！」

雖然漆原似乎還是有別人正在說自己壞話的自覺，但從他完全不打算走出壁櫥這點來看，這個人絲毫沒有改變態度的打算。

「……好吧。但既然魔王大人決定保護阿拉斯．拉瑪斯，那身為部下的我當然不能隨便將她託付給別人！我也要一起去。那樣的話，我就允許她外出。」

說著說著，蘆屋便以猛烈的氣勢狼吞虎嚥地吃下便當，在咀嚼的同時，還一口氣喝下鈴乃帶來的小瓶營養補給飲料。

雖然這對平常重視用餐禮儀的蘆屋來說是難以置信的行動，但就在他喝下營養補給飲料的瞬間——

「唔！」

蘆屋發出一聲呻吟，就這麼仰天倒下。

「蘆屋先生？」

千穗慌張地跑了過去，蘆屋雖然痛苦地仰望了空中一會兒，最後還是嚥氣般的緩緩閉上了眼睛。

「艾謝爾，睡著了。」

相較於悠閒的阿拉斯·拉瑪斯，千穗則是嚇得臉色發白。該不會是鈴乃為了討伐真奧等人，而在營養補給飲料中動了什麼手腳吧。

「呼——————」

但接下來蘆屋的鼻子裡便開始傳出巨大的鼾聲。

「……看來這成了最後一擊呢。」

鈴乃厭煩地搖了搖頭。

「連住隔壁的我都醒了好幾次。在旁邊直接聽阿拉斯·拉瑪斯夜哭的艾謝爾應該更是片刻不得安寧吧。」

鈴乃邊警戒壁櫥邊撿起蘆屋倒下後掉落的小瓶子。

「這是我昨天從艾米莉亞那兒拿到的東西。雖然手段有點粗暴，但若不這麼做，艾謝爾是

不會自己休息的吧。我最近發現只要艾謝爾一倒下，周圍的人就會被這些傢伙給牽連進去。」

那是鈴乃帶來的營養補給飲料瓶。上面寫著「保力美達β」這個沒聽過的商品名稱，成分表的地方也記載了沒見過的文字。

「……這上面寫了些什麼啊？」

「這是安特．伊蘇拉的文字。妳就把這當成是能讓惡魔體力衰弱的藥吧。」

總之從鈴乃有些警戒地望向壁櫥來看，應該是不想讓惡魔成員們知道的東西。

「啊，話說回來……」

千穗的視線在發出呻吟般雜亂鼾聲的蘆屋以及阿拉斯．拉瑪斯身上來回。

「妳說了艾謝爾……阿拉斯．拉瑪斯妹妹，妳會說蘆屋先生的名字啊。」

「嗯？」

被千穗抱著的阿拉斯．拉瑪斯含著手指回望她。千穗邊看著那大大的眼睛邊思索了一下。

「阿拉斯．拉瑪斯妹妹。」

「喔。」

小女孩用力舉起手神采奕奕地回答。光是這樣就讓千穗不自覺地露出微笑。

「我啊，叫做千穗喔。」

「千魏？」

「千、穗。妳爸爸啊，都叫我小千喔。」

「小千！」

阿拉斯．拉瑪斯像是想起了什麼似的豁然開朗。

「爸爸的朋友！」

「喂，阿拉斯．拉瑪斯。」

一旁的鈴乃插話道：

「千穗小姐對阿拉斯．拉瑪斯來說算是姊姊。叫她『小千』未免太沒禮貌了吧。」

「嗚？嗚？」

「對了，叫她『千穗姊姊』看看吧。」

或許是接受了鈴乃的勸導，阿拉斯．拉瑪斯莫名地全身用力仰望千穗的臉。

「千魏……千、姊……嗚……」

試著反覆思量後——

「小千姊姊！」

最後似乎是以這樣的結果塵埃落定。

「真是太可愛了！」

被呼喚的千穗非常感動地磨蹭阿拉斯．拉瑪斯的臉頰。

「小千姊姊、小千姊姊……」

阿拉斯．拉瑪斯用手指著千穗，確認似的反覆叫了好幾聲。

「……嗚。」

接著便用力地……盯著站在千穗旁邊的鈴乃。

「什、什麼事……？」

被盯著看的鈴乃因為感受到某種壓力而嚥了口口水。

「這位姊姊啊，是鈴乃姊姊喔？」

敏銳地察覺到阿拉斯．拉瑪斯要求的千穗低聲說完後，已經自行確立過一次方法的阿拉斯．拉瑪斯便快速反應道：

「小鈴姊姊！」

小女孩用力一指，發號施令。鈴乃的臉頓時便染起了紅潮。

「小鈴姊……呃，嗯，那個，沒關係，嗯。」

「小千姊姊，小鈴姊姊！」

跟稱真奧與惠美為自己雙親時一樣，為了確認千穗跟鈴乃的名字，阿拉斯．拉瑪斯交替地反覆呼喚兩人。

「討厭啦，真的好可愛喔！」

「別、別這樣連續一直叫，唔……別、別用那種眼神看我！太卑鄙了！這樣未免太可愛了吧！」

兩位女性邊臉紅邊發出尖叫聲，嬉鬧了起來。

「……真單純呢。」

但在聽見突然從壁櫥裡傳出來的打岔聲後，便馬上以嚴厲的表情瞪了過去。

鈴乃跨過倒地不起的蘆屋走到壁櫥前，用力地拍響拉門。

「哇啊！」

接著便同時傳出漆原在裡面嚇得手忙腳亂的騷動聲。

「總之，你應該聽見了吧。我跟千穗小姐要帶阿拉斯・拉瑪斯去散步。等艾謝爾醒來後就這麼轉告他吧。我們會在魔王或艾米莉亞下班後回來。」

「啊～嚇我一跳。好好好，隨便你們啦。反正無論發生什麼事都當做沒我這個人吧。」

「雖然大家原本就是這麼打算的，但只是幫忙留個言應該也不會怎麼樣吧。」

「……為什麼整個狀況好像被劃分成我跟我以外的所有人啊。你們是人類吧？」

「你自己摸摸良心吧。在利害關係一致時，就算對方是敵人也會合作，但就只有你一個人不打算配合大家的狀況，所以才會變成這樣啦。」

「路西菲爾，是廢物嗎？」

在一旁看著鈴乃與拉門說話的阿拉斯・拉瑪斯正確地說出了漆原的本名，好奇地問道。

拉門裡面的人物似乎也聽見了她的聲音。傳出動搖的氣息。

「小孩子既坦白又學得很快呢。」

接著鈴乃便補上了最後一擊。

※

下午三點。

麥丹勞幡之谷站前店響起了一道如雷的叫喊聲。

「爸爸！」

那道尖銳的聲音筆直地集中朝一位男性飛去。

在場所有人在看向那道聲音的來源與目的地後便頓時愣住。

一位員工忘了接待客人、一位員工則是弄掉了疊在手上的托盤，甚至還有一位員工就這麼將手指停在飲料機的按鈕上，害柳橙汁誇張地滿了出來。

廚房內通知薯條炸好了的機器旋律發出呆板的聲音。

被那道劃破天際的雷聲貫穿的男性表情瞬間僵住，彷彿無法相信自己的眼睛、耳朵甚至是世界般的一臉茫然。直到全體員工都將視線集中在自己身上後，他的視野才又恢復了顏色。

「！！！！！」

這狀況真的只能用無聲的吶喊來形容了。

真奧貞夫利用隱形發射器的推力緊急起飛衝出櫃檯，一口氣飛向雷聲的源頭。

「爸爸！」

鈴乃與千穗因為氣氛瞬間改變而茫然地站在店門口旁邊。但看在被千穗抱在懷裡的幼小蘋果小女孩阿拉斯．拉瑪斯眼中，這場景看起來就像是親愛的爸爸正全力趕到自己身邊一般。

「你你你你你你你你你你你你們在搞什麼鬼啊？」

真奧以彷彿隨時都會口吐白沫昏倒的蒼白表情逼問千穗與鈴乃。

「為什麼要帶她過來啊？喂，啊啊，這可不是開玩笑的！」

「那、那個，對不起。我以為這樣能讓阿拉斯．拉瑪斯妹妹打起精神……」

「她因為想見爸爸而哭個不停啊。若讓她轉換一下心情，或許能想起些什麼也不一定，因此我們就帶她過來了。」

在敏感地感受到店內氣氛後，千穗因為擔心自己可能犯了什麼錯而慌了起來，但鈴乃卻一副毫不在乎的樣子。

而更不在意這些事情的阿拉斯．拉瑪斯，則是在抱著自己的千穗手上動來動去，朝真奧伸

出手。

「爸爸、爸爸！」

「啊，危、危險，別亂動啦……」

「拜、拜託妳這樣別一直叫啦！」

從旁觀者的角度來看，阿拉斯・拉瑪斯正差點從千穗手中掉下來，真奧則慌張地撐住她。

「爸爸！」

脫離危險的阿拉斯・拉瑪斯以極度燦爛的笑容，抱住了真奧的脖子。

「爸爸！我來看你了！」

「這、這樣啊，啊哈哈哈哈哈。」

而在苦笑的真奧背後，一群人在本人面前毫不顧慮地——

「那是真奧先生跟佐佐木小姐的小孩嗎？」

「怎麼可能，若是這樣，我就去偷襲真奧先生了。把他沉到海裡去。」

「木崎小姐在哪裡？若被那個人聽見，這裡可是會化為血海啊。」

「糟糕！薯條、薯條焦了！」

發出充滿好奇心、動搖以及探索的聲音。

「啊哈哈哈哈……真奧哥，對、對不起，我好像做了多餘的事情……」

真奧板起臉孔，阿拉斯．拉瑪斯則是一臉微笑。而在發現一道巨大的人影緩緩接近這兩人後，千穗以某種意義上更勝真奧的程度僵住了臉。

「怎麼了，千穗小姐，妳的臉色很差喔。是天氣太熱了嗎？」

但就連鈴乃搞錯了方向的關心都無法傳進千穗的耳裡。因為在真奧背後——

「阿〜〜真〜〜？」

店長木崎真弓正面無表情的站在那裡。

「呀啊！」

「嗚？」

真奧以脊椎都快脫臼般的氣勢挺直身體。

「若我的耳朵跟眼睛還正常，剛才小千帶來的那位小女孩似乎叫你『爸爸』呢？嗯？」

「……她的確是這麼稱呼我。」

木崎的語氣裡充滿了不容反駁或狡辯的魄力，領悟到這一點的真奧只好坦白回答。

真奧與千穗都臉色蒼白地等待木崎接下來的怒吼。

但過了一段時間後，木崎還是沒做出進一步的行動。真奧戰戰兢兢地回頭一看。

便發現木崎既未生氣亦未微笑，而是困擾地嘆了口氣後，便以認真到讓人驚訝的表情，看向真奧跟千穗以外的鈴乃。

「我記得妳是真奧跟佐佐木的朋友……鎌月小姐對吧？」

鈴乃老實地點頭。

「一下子就好，我能跟妳借一下佐佐木嗎？」

「……沒差……呃，我不介意……」

由於上次見面時，鈴乃曾經彆扭地在木崎面前隱藏本性，因此連忙修正了語氣。

「真不好意思。喂，阿真，幫鎌月小姐帶位。這孩子先交給我照顧。」

「咦？啊，是的，不、不過……」

木崎不由分說地從猶豫不決的真奧手中抱起了阿拉斯・拉瑪斯。原本以為會放聲大哭的阿拉斯・拉瑪斯，意外地在木崎懷裡露出了笑容，讓真奧頓時鬆了一口氣——

「小千，跟我來員工間一下。阿真等帶完位後再過來。」

但馬上又因為木崎這句話而臉色發白。

而千穗也同樣一臉沉痛地跟在瀟灑地先走一步的木崎後面。

鈴乃一邊目送這幅場景——

「……對不起，居然未經深思就做出這種事。」

一邊在這明顯不穩的氣氛下，有些困惑地對真奧說道。

「真是的，雖然我很想這麼說，但既然你們是為了阿拉斯・拉瑪斯好才這麼做，那我也沒理由對你們抱怨。那一帶不會直接被冷氣吹到，妳就隨便找個地方坐吧。」

在看了真奧指的角落一眼後，鈴乃再度回望真奧。

「我還以為你會更生氣一點呢。」

「啊？為什麼我要生氣。雖然是這樣的結果，但從妳願意幫忙這點來看，我還必須向妳道謝呢。不好意思啊。」

真奧再次直視鈴乃的眼睛真摯地道謝。

「……明明是個魔王，居然還那麼囂張。」

鈴乃因為無法迎視真奧坦率的眼神而噘起嘴，將臉轉向旁邊。明明是個魔王，居然每次都直視對方誠懇道謝。

「既然是魔王，那不囂張怎麼行呢。總之妳先坐到那個位子等一下……」

就在真奧因為鈴乃的反應而皺起眉頭回答時——

「呼……炎熱的下午三點，正是要用美麗的女神賜予我的甜美冰淇淋，來鎮壓我這片狂熱之心的時刻！啊，我心愛的女神！我又在今天這個時間，來向妳傳達我的愛意了！」

一位吵鬧的變態說著吵鬧的變態發言，同時吵吵鬧鬧地做著變態的舉動進來了。

他就是逐漸成為麥丹勞幡之谷站前店的著名景觀，為木崎的美貌做好了墮落成墮天使覺悟的大天使沙利葉——肯特基幡之谷站前店店長猿江三月。

看來千穗所說的每日每餐，似乎還包括了點心時間。

只有外表可取的沙利葉用他大大的紫色眼睛瞬間掃了店內一眼。

接著便在店內角落通往員工間的門前，發現了他宣誓永遠效忠的美麗女神身影。

當然也包括了那位女神所抱著的人物。

「嗯啊！」

沙利葉發出奇怪的呻吟聲，身體也凍結到再也不需要冰淇淋的程度。

「他真的變胖了耶。」

雖然距離鈴乃最後一次見到沙利葉也才不過幾天。但這位嬌小天使的臉頰與脖子一帶已經豐滿到不自然的程度。

從聲音發現真奧與鈴乃站在自己旁邊的沙利葉，以彷彿故障魁儡的動作將臉轉向兩人——

「上天……已經拋棄我了嗎？」

接著提出這樣的疑問。

「這是……神明對放棄任務的我所給予的制裁嗎？我永遠的女神之心……已經被其他男人給射下，而她也回應了那個男人，產下那個愛之結晶了嗎？」

眼見沙利葉產生了非常淺顯易懂的誤解，真奧因為一時不曉得該如何回答他——

「啊，鈴乃，交給妳了。」

便將判斷丟給了別人。

「咦？喂、喂！」

鈴乃還來不及抗議，真奧就已經追著木崎等人逃到了員工間。

「克莉絲提亞．貝爾！這是夢嗎？告訴我這是夢吧！若是我至今的所作所為有什麼不對，那我願意悔改！雖然過去很花心，但我只有這次是認真的啊！為了讓神原諒我的罪，拜託妳聽我坦白自己的罪行吧！」

「為什麼身為大天使的沙利葉大人，要向我這個人類的聖職者告解啊！」

儘管處於敵對關係，但對聖職者而言，對方好歹是等同於神的大天使。雖然鈴乃不自覺地使用了敬語，但應該怎麼說才好，這位降臨人類世界的大天使，似乎已經變得跟魔王一樣俗不可耐。

「原來今天早上新聞星座占卜說的戀愛運最差就是指這件事啊！神啊，神居然對我降下如此殘酷的考驗！」

一名為了新聞星座占卜忽喜忽憂的花心大天使所做的告解，光是想像就讓人頭痛。雖然鈴乃身為一位女性，同樣不想聽這種肯定自己想像的告解——

「……沙利葉大人，你對那個小娃娃的出身心裡沒底嗎？」

趁著木崎正抱著阿拉斯．拉瑪斯，鈴乃若無其事地向沙利葉打聽。

「嗯……要是她是我的孩子該有多好……」

懦弱地嚎啕大哭的沙利葉口出妄言。但透過這句話，鈴乃確認了沙利葉跟阿拉斯．拉瑪斯並沒有直接關係。

「……真沒辦法，我就來陪你談談你的罪吧。」

為了引出其他足以驗證的材料，鈴乃只好無奈地下定決心陪沙利葉說話，但光是想像這位天使會做出什麼樣的「罪之告白」，就讓她開始頭痛了起來。

「……好了，那麼……」

並肩而立的真奧與千穗因為這道聲音而驚訝地震了一下。一想到接下來究竟會面臨什麼樣的斥責，兩人的胃就開始變得沉重了起來。

「這孩子今年幾歲了？」

木崎熟練地緩緩搖晃上半身哄著阿拉斯．拉瑪斯。然而她一開口，問的卻是這道令人出乎意料的問題。

真奧與千穗不由得互望了一眼。

「三歲……不，她的個子還滿小的，大概只有兩歲多一點吧，嗯？」

「啊，是、是的，我想，應該是這樣沒錯。」

「我想？你沒跟她父母確認過年齡嗎？」

雖然若辦得到真奧也很想問，但由於他連小女孩父母的所在地跟身分都不曉得，因此也無可奈何。

「不過啊，說的也是。若有人問我姪女幾歲，我也沒自信回答得出來。雖然等開始上學之後就會比較容易記得。」

木崎沒有深入追究，在對照自己的例子後便下了結論。

「放輕鬆點，我並不打算責備你們，畢竟是在小孩子面前呢。」

若真的有人能在這種場合放輕鬆，那他應該是位稀世的大人物。

「我還是基本地確認一下，這小女孩應該不是阿真跟小千的孩子吧？」

「不是……雖然我覺得如果是就好了……」

千穗偷偷參雜了自己的真心話，但木崎卻沒有漏聽。

「我不管妳怎麼想，但有時候還是得看一下場合。」

笑著哄阿拉斯·拉瑪斯的木崎，身上纏繞著一股連魔王都能壓倒的平穩霸氣說道：

「你們並沒有在進行男女之間的交往。我說的對吧？」

「是、是的。」

「那個……沒有。」

千穗偷瞄了瞬間肯定的真奧一眼後，便跟著點頭。

木崎因為兩位年輕人的回答而苦笑。

「你們難不成以為我會責備談辦公室戀情或將家裡的事情帶來職場的人吧？倒不如說若你們正在進行男女之間的交往，我也不用在這裡說教了。」

「咦？」

真奧一臉出乎意料地愣著回應。

「我不管是阿真拜託小千幫忙或是小千自己提出來的。總之聽好了，你們有想過一位高中女生出入男性家裡照顧嬰幼兒，在世人眼裡會是什麼樣子嗎？」

由於話題跳到了出乎意料的方向，因此兩人皆難掩驚訝。

「不、不過真奧哥又沒有其他能拜託的人，而且我們之間實際上又沒什麼……」

「小千妳或許還不能理解。不過所謂的『世人眼光』既膚淺又草率，不負責任的謠言也傳得很快。更惡質的一點是，它還沒有確實的形體。」

「唔……」

「！」

在木崎將視線轉向阿拉斯．拉瑪斯的瞬間，真奧千鈞一髮地阻止了想繼續發言的千穗。

不曉得是否透過眼角看見這一切的木崎，用指尖搔著阿拉斯．拉瑪斯的臉頰。阿拉斯．拉瑪斯一邊笑著——

「跟爸爸一樣的味道。」

一邊高興地聞著木崎手上的味道。

「原來如此，一樣啊。」

木崎也高興的回應。

「只要講到這種事情，跟世人一樣膚淺的年輕人一定會回答『這個社會根本就不懂我們』。光是沒這麼說，你們就已經算很優秀了。」

木崎讓阿拉斯．拉瑪斯坐在自己腿上，用手抱在她腹部並緩緩旋轉椅子後，小女孩便露出了笑容。

真奧見狀，便放鬆了制止千穗的那隻手，坦率地說道：

「既然會被人這麼說，就表示我還完全不了解這個世界。」

木崎停止旋轉椅子，笑了一下後便一口氣將阿拉斯．拉瑪斯抱了起來。

「咿～～呀～～哈哈哈！」

或許是因為覺得有趣，阿拉斯．拉瑪斯興奮地大叫。

「會說出這種話，就表示你已經快能獨當一面了。」

木崎將阿拉斯・拉瑪斯還給真奧，看了一眼員工間的時鐘後便聳聳肩說道：

「阿真，你今天已經可以下班了。雖然時間還有點早，但不曉得該說幸或不幸，現在並沒有忙到少了一個人會困擾的地步。」

「咦，呃，可是……」

「你是那小女孩的『爸爸』吧？那麼比起眼前的時薪，應該要更珍惜能跟孩子共度的時間吧。總之關於你增加排班的要求，我會列入考慮。」

說完後，木崎調整了一下員工帽便瀟灑地離開房間。

「……真奧哥，關於排班的事情？」

還不太能釋懷的千穗問道。

「畢竟要撫養的家人變多了，所以得好好工作才行。或許還必須讓阿拉斯・拉瑪斯上學也不一定。」

真奧一邊哄著被他抱起來的阿拉斯・拉瑪斯，一邊以看不出來究竟認真到什麼程度的態度回答。

「你真的打算收養阿拉斯・拉瑪斯嗎？」

「這跟收養又有點不同呢。」

真奧戳著阿拉斯・拉瑪斯的額頭回答。

「總之，在解決令人介意的事情之前，我會先照顧她。但若她真正的親人出現了，我也會乾脆地把她交給他們。」

話說回來，在一開始決定是否收養阿拉斯・拉瑪斯時，真奧似乎就很在意小女孩的額頭。

「吶，小千，妳之前曾經說過父母都不介意妳來我家吧？」

「……是的。」

千穗畏縮了一下。

千穗知道真奧將木崎視為一名社會人士尊敬。姑且不論這對異世界的魔王來說是好是壞，她擔心真奧會因為木崎的說教而改變心意。

「木崎小姐的忠告我會謹記在心，但我還是想拜託妳……能請妳，再讓我依賴那份信賴一段時間嗎？」

「嗯……咦？」

原本以為真奧會委婉地拒絕自己協助的千穗，因為這句出乎意料的話而睜大了眼睛。

「雖然現在的狀況比較平穩，但惠美跟鈴乃對我來說終究是敵人，該怎麼說，如今在日本能讓我寄予全面的信賴、拜託什麼事情的人類，就只有小千了。」

「……」

「那個，我知道尚未好好回覆小千之前說的那件事，就這樣拜託妳很狡猾，而且或許還會給妳添許多麻煩也不一定，但若妳接下來也願意提供協助，那就幫了我一個大忙。」

「……」

「……小千？」

暫時驚訝地目瞪口呆的千穗——

「……喂、喂？為、為什麼要哭啊？小千，咦？我剛才說了什麼糟糕的話嗎？」

突然從眼裡流下了一道淚水。

真奧因千穗出乎意料的反應而慌了起來。千穗這才發現自己似乎哭了，便拿出手帕拭淚。

「啊，對、對不起，該怎麼說才好，那個，我有點高興。」

「別、別道歉啦！對不起！我明明比較年長還是個魔王，卻總是依賴小千……呃，咦？」

「知道真奧哥這麼仰賴我，我很高興喔。」

「咦？啊？咦？高興……咦，那、那妳為什麼要哭啊？」

面對千穗的笑臉，真奧的頭上開始冒出大量的「問號」。

「欸嘿嘿，對不起。不過，人類就是這樣啦。」

「真、真令人費解……呃，那個……」

「我知道，真奧哥目前無法馬上回應我。但無論是什麼樣的回答，我都會耐心地等待，所以……」

千穗忍住即將奪眶而出的淚水，再次牽起了阿拉斯・拉瑪斯的手。

「小千姊姊？」

「我會努力協助真奧哥的！」

「這、這樣啊，那個，不好意思，謝啦。」

「嗯！」

這次千穗轉而露出燦爛的笑容。不曉得該如何回應的真奧，將員工帽重新戴到遮住視線蒙混過去。

「啊，對了阿真，那邊的抽屜裡……」

此時，原本應該離開的木崎又突然回來了。

「！」

看見倏地僵住的真奧與千穗，木崎皺起眉頭說道：

「……看來暫時果然不能應徵女性員工了。真是的……」

木崎並非蒙混得過去的對象。就連性別工作平等法，在木崎憲法面前依然顯得無力。

木崎板著一張臉走進房間，從辦公桌抽屜裡拿出一個信封袋。

「這是我在別人推銷報紙時拿到的，想說反正我也用不到，不如就給你們吧。」

木崎嘆氣，交替看向真奧與千穗。

「剛才我說的那些話，你們應該確實理解了吧？」

語畢，木崎便將信封袋放在真奧頭上，再次走出房間。

門關上後，真奧與千穗便誇張地嘆了口氣。千穗拿起真奧頭上的信封，與真奧互望一眼後便取出了內容物。

而裡面裝的是……

魔王與勇者，聽從建議前往遊樂園

「惠美，發生什麼不好的事了嗎？」

「咦？」

「感覺妳從早上開始，就一直皺著眉頭。」

被同事的鈴木梨香這麼一指摘，惠美便不自覺地將手抵在自己的額頭上。

「又跟真奧先生他們起了什麼爭執嗎？」

同事一口氣切中內心重點，讓惠美不禁驚訝地後仰。

「為、為什麼妳會這麼覺得！」

「因為就我所知，惠美近來的煩惱都是跟那些人有關啊。」

「才、才沒有呢！」

「是嗎？但在惠美願意告訴我真奧先生的事情之前，我好像從來沒見過妳煩惱的樣子。」

這還真令人意外。

身為將討伐魔王定為最終目標的勇者，惠美總是保持著一定的鬥志與緊張感。印象中自己的生活裡絕對沒有一絲鬆懈！

「所以啊，只要跟惠美一起吃飯，就會幸福到開始覺得自己的煩惱不算什麼的程度，一起出去玩時也能打從心裡感到高興，惠美真的只有最近才會擺出這麼嚴肅的表情呢。」

「唔……」

惠美內心的虛張聲勢倏地崩毀。

有一段時期，日本豐富的飲食與文化確實經常替惠美帶來新鮮的驚奇與嶄新的價值觀，讓她覺得眼中的一切全都閃閃發亮。特別是在日本食物的多彩多姿以及品質方面，她能斷言即便集合了安特．伊蘇拉全體的力量，依然是望塵莫及。

「啊，去年這段時間，妳好像提過空調的狀況不太好，所以晚上很熱很不舒服的樣子。」

「……」

惠美忍不住趴倒在桌上。

惠美來到日本已經一年多了。她因為自己度過的那些缺乏緊張感的生活而陷入了自我厭惡的情緒。

「除此之外，妳還跟我抱怨過排班太多，導致無法配合公寓的瓦斯檢查日期……」

「梨香……我投降了，拜託妳別繼續追擊下去了。」

「嗯？是嗎？啊，來了。」

就在惠美發出呻吟的同時，梨香的分機來電，讓她為了應對而消磨了一些時間。

「那麼，你們這次是在吵什麼？」

梨香在通話結束的同時拿下附耳機的麥克風，越過隔間探出頭來。

「為什麼妳看起來好像有點高興啊？」

惠美以埋怨的眼神回答，但梨香當然不會因為這點小事就退縮。

「因為聽了之後就不會無聊啊。」

像這種不隱藏真心話的部分，是梨香的優點也是缺點。

「而且朋友有煩惱，我怎麼能坐視不管呢～」

「妳之前的真心話跟剛才的語尾讓全部都白費了啦。」

惠美苦笑地說道。

「這次的狀況不但麻煩，而且還很難置之不理呢。」

「嗯嗯？」

「因為跟一個小孩子有關。」

梨香將臉抵在手掌上點點頭，理所當然似的說道：

「是惠美跟真奧先生的小孩嗎？」

「只有她本人是這麼說的………啊！」

惠美未經多想便全力否定，接著便發現自己完全是在自掘墳墓。

但梨香似乎也沒預料到惠美會有這種反應，她原本托腮的手滑落，睜大眼睛看著惠美。

「咦，喂，真的嗎？」

「不、不對啦！事情不是那樣，呃，那個，雖然沒錯，但不是那樣啦！」

「妳在說什麼啊，先稍微冷靜一下吧。」

在戲弄人的罪魁禍首安撫之下，惠美為了調整氣息而做了個深呼吸。

「……妳要認真聽我說喔？」

「我打從一開始就很認真啊？」

惠美輕輕瞪了一眼若無其事地回答的梨香後，便冷靜下來開始說明：

「……真奧那裡啊，現在有一個小孩子在。好像……是別人託他照顧的孩子。」

「真奧先生的親戚？」

「詳情我也不曉得啦。」

為了避免妄下斷語會在將來惹出麻煩，惠美含糊其辭地帶過。

「妳還記得之前那位穿浴衣的女孩嗎？我就是去找她時遇見那孩子的。」

「她叫什麼名字，印象中是個滿奇特的姓……對了，是鎌月小姐嗎？我記得是鎌月鈴乃小姐吧。」

「沒錯，當時我也告訴過妳，她家就住在真奧的隔壁，所以就算我不想見他還是會碰到面，事情就是發生在那個時候。」

惠美將手肘靠在桌子上嘆了口氣。

「那孩子似乎將我誤認為是媽媽了，真令人困擾。」

「咦？」

梨香一臉意外地將頭往前伸。

「我突然被素未謀面的小孩子叫媽媽了。」

「不是把妳當成像媽媽那樣黏著妳嗎？」

「那已經是完全將我誤認為母親的程度了。」

惠美搖搖頭看向梨香。梨香一改之前嬉鬧的態度，露出認真的表情。

「那樣的情況……的確還滿令人懊惱的呢。若只是關係變親近就算了，居然被誤認為是媽媽啊……」

梨香皺起眉頭雙手抱胸，將身體後仰靠在椅背上後突然說道：

「雖然這個想像有點黑暗，但那孩子該不會剛出生不久，媽媽就去世了吧？」

「咦？」

梨香的語氣比想像中還要正經，讓惠美驚訝不已。

「若媽媽平常就陪在小孩身邊，那就算離開個兩、三天，小孩也絕對不會將媽媽跟其他女性搞錯吧。若非如此，那就是惠美與那孩子的生母像同卵雙胞胎般一模一樣，或是那孩子原本就沒有關於媽媽的記憶吧。」

「怎……」

原本打算反駁「怎麼可能」的惠美，又再度緘默不語。

惠美自己也完全沒有關於母親的記憶，直到最近才知道對方尚在人世。

從兒時陳舊的記憶中，也能找到數次將村裡其他女性誤認為母親的經驗。

當然在這之前，就連阿拉斯·拉瑪斯是否真有「原本的家人」都還不確定，話說回來——

『媽媽，妳又要丟下我了嗎？』

難不成她是因為某些原因跟母親分開，所以才會講出這句話嗎？

「妳有想到什麼線索嗎？」

「……嗯，這個嘛。我也不太清楚……」

「嗯～反正這是真奧先生家的事吧？惠美根本就沒必要在意啊。」

或許是看見惠美開始深入地思考，梨香為了緩和氣氛，便試著以更加輕薄的語氣提議。

「或許是我想太多了也不一定，但這種時候局外人能做的事也有限，除非打算奉陪到最後一刻，否則還是別隨便插手會比較好。」

就在梨香說完並拍了一下惠美肩膀時，下班鈴聲剛好響起，惠美抬頭說道：

「……不過我已經說過今天回去時會繞過去一趟。」

「喂！惠美，妳這不是很有幹勁嗎？」

梨香這次換用手掌吐槽。

「只、只不過是順勢就答應了……」

「妳可千萬別只是在真奧先生他們面前意氣用事啊。」

梨香一個接一個地確實指出惠美的弱點。

「才、才不是那樣……沒這回事，那個……可是，並不只是那樣……」

即便隔壁有鈴乃在，也不論阿拉斯．拉瑪斯的真面目為何，光是魔王城裡有個小娃娃這點，就夠讓人擔心了。

更何況……

「我並不是在可憐那孩子，只是覺得若是那孩子待在這裡的這段時間能過得快樂，那就好了……」

看著惠美有些語無倫次的梨香，拿下耳機苦笑地聳肩。

「無論是好是壞，惠美就是人太好了。」

惠美只在心裡回答「因為我是勇者啊」。

「不過實際上對小孩子來說究竟是好是壞，還是要等他們成長後才能分曉呢。既然如此，惠美應該也可以按照自己的想法去對待她吧？姑且不論真奧先生他們覺得這樣好不好。」

「不過啊～」

說著說著，梨香露出複雜的表情。

「惠美，妳應該沒幫朋友照顧過寵物之類的吧。」

「妳怎麼突然講到這個？」

「光是餵牠一兩天飯，就會產生感情喔。若是陷得太深，等孩子回到父母身邊後，妳可別太沮喪囉。」

「……我會謹記在心。」

「嗯，很好！那差不多該回去了吧，畢竟妳心愛的孩子正在等著妳呢。」

「梨香！」

為了追上戲弄自己的梨香，惠美也跟著拿下耳機。

「真正的父母啊……」

說完後，惠美將耳機放回規定的地方，從座位上站了起來。

「喂，惠美，就當做是製造回憶，妳覺得這個怎麼樣？」

進入更衣室後早早換好衣服的梨香，拿出化妝包對著惠美招手。等惠美靠近後，梨香便從手裡遞出小小的紙張。

「雖然我也不太清楚，但好像因為docodemo也有出資，所以有員工優惠的樣子。」

※

魔王城的被爐桌上，放了六張細長的紙條。

「……」

「……」

「這是什麼、這是什麼？」

真奧、阿拉斯・拉瑪斯以及惠美圍著紙條沉默不語。

「儘管是偶然，但都湊在一起了呢。」

旁觀的千穗似乎因為不曉得該露出什麼樣的表情而懊惱。

被爐桌上面放了六張鄰接文京區東京巨蛋球場的複合型主題樂園──「東京巨蛋城」的門票。

木崎交給真奧的信封袋裡，裝了能夠在一天之內盡情搭乘所有遊樂設施的單日護照免費招待券一張，以及兩張折價券的報紙推銷用組合。相較之下，惠美從梨香那兒拿到的，是三張放在公司裡、適用員工價的單日護照折價券，但這三張的折扣卻比木崎的折價券還要優惠。

總而言之，木崎與梨香都提議親子三人製造共同的回憶。

就常理而言，原本就不能一直將阿拉斯．拉瑪斯關在這三坪大的房間內，不然蘆屋遲早會受不了。

「呃，還不錯嘛？所謂的主題樂園，簡單來說就是遊樂園吧？是讓小孩子開心的地方。只要好好搭配這些折價券一起去不就得了。」

鈴乃若無其事地說道，而更重要的是——

「跟爸爸和媽媽一起出去玩！」

阿拉斯．拉瑪斯已經完全將這當成是家庭旅行並顯得興致勃勃。

而在這個場合下的家庭，當然就是指真奧跟惠美。

木崎的狀況或許是偶然也不一定，但從梨香特地拿三張票給惠美來看，讓人莫名地有一種刻意的感覺。

真奧跟惠美從剛才開始便一直盯著門票動也不動。

雖然兩人都打從心底想要全力拒絕，但若又惹對真奧與惠美的事情特別敏感的阿拉斯．拉瑪斯哭就麻煩了，因此兩人完全陷入了無計可施的狀況。

「……呼～」

在一陣令人喘不過氣來的緊張之後，真奧放棄似的點頭。惠美聞言則是輕輕地震了一下。

「既然妳會拿這種東西過來，想必已經做好了相當的覺悟吧。」

「什、什麼啦……」

「喂，阿拉斯．拉瑪斯，雖然我想帶妳出門走走，但媽媽不去這樣可以嗎？」

「不要！一起去！」

小女孩強而有力的回答充滿了撼動人心的氣魄。

阿拉斯．拉瑪斯從真奧的膝蓋上朝惠美探出身子，蘆屋則是慌張地移走差點被她弄倒、放在被爐桌上的麥茶。

「那麼，阿拉斯．拉瑪斯跟媽媽一起出門，然後我不去這樣可以嗎？」

「不要！」

小女孩更加用力地閉起嘴巴。

「……所以說，若有誰有更好的提議，現在馬上去說服阿拉斯．拉瑪斯吧。我跟惠美都會盡全力附和喔。」

「佐佐木千穗，妳覺得這樣好……哇啊啊！」

壁櫥裡的漆原本來打算插嘴說些多餘的話，但站在旁邊的鈴乃立刻就敲了拉門讓他閉嘴。

「可、可是……魔王大人、艾米莉亞與阿拉斯．拉瑪斯三個人……也就是說……」

千穗上前制止了打算提出諫言的蘆屋。

「……遊佐小姐，請妳陪她去好嗎？」

「咦，千穗？」

這句從意想不到方向傳來的催促，讓蘆屋、鈴乃跟惠美都驚訝地抬頭。

「那個，就當成是監視真奧哥，別讓他做奇怪的事情不就好了嗎？」

「……」

「因為，真奧哥一定沒去過遊樂園吧？讓只有從笹塚走到新宿過的真奧哥，抱著阿拉斯．拉瑪斯妹妹去東京逛，妳難道不會不安嗎？」

雖然真奧並非真的那麼不知世事，但由於他知道千穗並非真心那麼認為，所以一語不發。

「而且，現在還不曉得阿拉斯．拉瑪斯妹妹為什麼會出現在日本吧？若這件事跟像沙利葉先生那樣的壞人有關，且盯上阿拉斯．拉瑪斯妹妹的壞人又在真奧哥一個人到處逛時出現，那真奧哥說不定會被殺死喔，這樣妳也無所謂嗎？」

「……千穗小姐，真的很適合走法律這條路呢。」

鈴乃以其他人聽不見的音量小聲嘀咕。

雖然還不能確定有人盯上了阿拉斯．拉瑪斯，但從圍繞在她身邊的狀況來看，也難保千穗所提出的可能性不會發生。

「不過，千穗妳……」

「我的事情怎樣都好。若擔心阿拉斯．拉瑪斯妹妹，就盡量多花點時間陪她，為了別在事

情全部結束後感到後悔，請妳好好加油吧！」

明確地說完後，千穗又腰俯視惠美與真奧，惠美則是放棄似的垂下頭。

「千穗小姐！」

笹塚的街道逐漸變暗。千穗在回家的路上聽見後面有人在呼喚自己。

「咦？鈴乃小姐？」

伴隨著清涼的木屐聲，鈴乃跑了過來。

「怎麼了？是我忘了什麼東西嗎？」

「呃，不是，並不是那樣。」

鈴乃撥了一下被汗黏在額頭上的瀏海，開口問道：

「雖然由我來說也有點那個……但我可以問一下嗎？」

「什麼事？」

「就是……那個，關於魔王跟艾米莉亞一起出門的事……」

「啊……我有點擔心萬一真奧哥跟遊佐小姐吵架，說不定會被砍呢……」

「呃，那個，雖然這也有可能，但我想說的不是這個。」

千穗在明明追了上來卻欲言又止的鈴乃身上感到一股莫名的親近感，因此微笑地說道：

「我很擔心喔。因為遊佐小姐看起來，並沒有像嘴巴上說得那麼討厭真奧哥啊。」

這句話若被惠美本人聽見，或許會昏倒也不一定，但鈴乃卻沒有否定。

「不過真奧哥，說過他相信我了。」

「什麼？」

「……呵呵，什麼事也沒有啦。」

千穗將食指抵在嘴巴前面。

「話說回來，現在最應該要擔心的人並不是我喔。遊佐小姐今天回去了吧？」

「啊，嗯。她畢竟還是無法下定借宿的決心……」

「那麼，遊佐小姐回去後，蘆屋先生或許會開始大吵大鬧也不一定喔？」

「艾謝爾？」

鈴乃感到納悶。

「魔王大人！這樣果然還是太危險了。請您重新考慮一下吧！」

鈴乃回去後，千穗的預言立刻就實現了。

「你冷靜一點啦，事到如今，就算是惠美也不可能在大庭廣眾之下砍我吧！」

「就算艾米莉亞那邊沒有危險，最壞的可能性，若如佐佐木小姐所言真的有人盯上了阿拉斯．拉瑪斯……」

「我就說叫你冷靜一點了！如果真的是那樣，那無論出不出門都一樣吧！你難道打算躲在這棟舊公寓裡面，鎖上門窗抵禦天界或安特．伊蘇拉的刺客嗎？啊？若因為害怕那些連存不存在都不曉得的傢伙就縮在房間裡，在被敵人攻破之前，就會先熱到中暑死掉啦！」

「就算只是螞蟻的一咬也可能突破城牆（註：比喻微小的疏忽也可能釀成大禍）！」

「你舉的例子反了吧！你打算用紙糊的盾牌來抵擋砲彈啊！而且萬一繼續窩在家裡，害阿拉斯．拉瑪斯變得跟漆原一樣怎麼辦！」

「他們兩人的素養不同！阿拉斯．拉瑪斯用完餐後，可是會好好展現出收拾的意思，將餐具拿到我這邊來，而且還會說『我吃飽了』！」

「你的意思是漆原還不如阿拉斯．拉瑪斯嗎？」

「您說的沒錯！」

「『漆原！』」

「你們兩個也未免太不講道理了吧！」

由於所有的窗戶都沒關，聽見這一切爭執的鈴乃開始覺得頭痛了起來。

「你們在吵什麼無聊的事啊。外面全都聽得見喔！」

「小鈴姊姊，歡迎回來～」

無視大人們的幼稚爭論，在玄關前撕報紙玩的阿拉斯．拉瑪斯，朝鈴乃用力地舉起了手。

「嗯、嗯，我……我回來了。」

或許是因為尚未習慣「小鈴姊姊」這個稱呼，鈴乃的臉再度紅了起來。

「小鈴姊姊，這個，生密樹！」

「嗯？怎麼啦？」

阿拉斯．拉瑪斯拉著鈴乃的浴衣下襬，攤開一張舊報紙的彩頁給她看。上面登了一個家庭用休旅車的廣告。

整體設計是在變形的都市背景上放了一張標榜大容量的車輛照片，並從車尾行李箱放出大量氣球在天空飛舞。

「生密樹！」

「呃……？這、這樣啊，嗯。」

聽不懂阿拉斯．拉瑪斯在說什麼的鈴乃含糊其辭地回答後——

「艾米莉亞怎麼了，已經回去了嗎？」

便詢問真奧。

「話說回來，小千離開後她馬上就走了呢。是碰巧擦身而過嗎？」

「嗯……但想不到阿拉斯．拉瑪斯居然沒哭呢。」

「因為她跟惠美約好了要當個乖孩子。作戰就決定在這個星期日進行。」

「魔王大人，請您再重新考慮一下……」

「『王冠』、『永遠』、『王國』……『理解』不見了。爸爸，『理解』不見了！」

「嗯，怎麼啦？」

阿拉斯．拉瑪斯似乎非常喜歡那張汽車廣告，不斷拍著報紙呼喚真奧。

鈴乃一邊在後面看著，一邊小聲對蘆屋耳語：

「……艾謝爾，你如果那麼擔心，偷偷跟過去不就好了。」

蘆屋不知為何因為鈴乃的提議而臉色蒼白。

「既然還有剩折價券，那偷偷跟去應該沒問題吧。」

「可、可是……」

蘆屋發出呻吟，並突然擺出一臉憂鬱的表情。

「魔王大人是用招待券，艾米莉亞則是自費，不過適用兒童價的阿拉斯．拉瑪斯折扣率很低，即便是半價，若考慮到往返的電車費……而且時間上又必須在外面用餐，這麼一來……」

鈴乃雖然不是超能力者，但還是看得出來蘆屋在煩惱什麼。

「艾謝爾，你看仔細了。」

鈴乃拿起放著沒人理會的折價券，轉過來給蘆屋看。

「這個遊樂園沒有所謂的入場費。只在各個遊樂設施設定價格。就算真的必須跟在他們後面，還是能將預算控制在往返的交通費吧。」

「唔……這、這樣啊。」

「那你就去吧？我跟平常一樣看家就好～」

就在蘆屋態度軟化的瞬間，壁櫥裡傳出漆原開朗的聲音，然而蘆屋聽了後馬上又擺出嚴肅的表情。

「不對！不行！漆原，你這傢伙！又打算趁我長時間不在家時，讓『密林』的網購在那天送來吧！」

「……」

漆原沉默不語，看來是被說中了。

「要是能去的話就去吧。我會幫你看著路西菲爾。」

「喂！」

「……妳這到底是在吹什麼風。」

拉門內傳出抗議的慘叫。蘆屋懷疑地瞪著鈴乃。

而真奧則是默默地收拾阿拉斯・拉瑪斯弄亂的報紙垃圾。

「我好歹也是這裡的居民。若真的發生了什麼麻煩，你覺得留路西菲爾一個人在這裡派得上什麼用場嗎？」

「……唔……妳這傢伙。」

「喂喂喂，蘆屋？你為什麼要擺出一副好像被戳到痛處似的樣子？」

「實際上就算跟阿拉斯・拉瑪斯有關的人物出現，也不見得會是像千穗小姐所說的暴徒。若真正的父母來迎接她，只要妥善處理，在合適的地方替阿拉斯・拉瑪斯準備一個容身之處就夠了。反過來說，即便真的如同我們所擔心的，有打算危害阿拉斯・拉瑪斯的敵人來到這裡，對方出現在之前開過『門』的Villa・Rosa笹塚的可能性也最高。這種時候若只留路西菲爾一個人在這裡，你覺得他有辦法好好應對狀況嗎？」

「唔、唔唔唔唔唔。」

「喂，蘆屋，我要求撤回這段發言，快點反駁她啊！」

「唉，你可以等到當天之後再來煩惱。」

「唔唔唔唔唔唔唔唔唔唔唔唔唔唔唔唔！」

丟下頭腦似乎快要燒壞的蘆屋，以及未盡義務、光顧著行使權利的漆原之後，鈴乃轉而面向真奧。

「你這邊若有個萬一，直接向艾米莉亞求助就好了。」

「嗯，也對。而且若周圍有很多人在，視狀況而定，或許還有機會恢復魔力也不一定。」

雖然正陪著阿拉斯．拉瑪斯，但真奧似乎還是有仔細在聽。

「『尊嚴』、『美麗』。」

而阿拉斯．拉瑪斯則是依然不斷地揮著汽車廣告。

「唉，無論再怎麼擔心，在事情發生之前，還是不曉得狀況會變得怎麼樣，所以我決定針對現實上想維持日常生活最令人擔心的部分展開行動。」

「嗯？這是什麼意思？」

「那還用說嗎？」

真奧撫摸阿拉斯．拉瑪斯的頭。

原本將精神集中在汽車廣告上的阿拉斯．拉瑪斯，因為發現真奧的手而高舉雙手，努力地想摸到那隻手。

「努力工作，就只有這樣。要是讓這些傢伙沒飯吃，那就沒救了。」

「真是的……討厭啦。」

惠美回到家後也沒脫鞋子，便直接癱倒在玄關前面。

雖然惠美純粹將阿拉斯．拉瑪斯當成是個可愛的小娃娃來看待，但仔細想想，對方依然是一個跟自己完全無關的孩子。

「真麻煩……」

發出呻吟的同時，惠美將原本丟下的包包拉到手邊，坐上臺階脫掉涼鞋。

「……我在懦弱個什麼勁啊！只不過是代替阿拉斯．拉瑪斯的媽媽，又、又不是，跟魔王結為夫、夫……」

就只有那個辭彙，即便是自言自語也絕對不能說出口。

「那怎麼可能啊！」

明明沒有必要，但惠美還是在省略了重要的地方後將自言自語講完，她無力地垂下頭，撥了一下被汗黏在脖子與額頭上的頭髮。

「……是不是該去一趟美容院會比較好啊……」

在惠美無意識地說完這句話的瞬間，包包的手機便傳出怒坊將軍主題曲吵鬧的鈴聲。

惠美嚇得整個人都跳了起來，慌張地翻找包包接起電話。

「喂、喂！」

『啊～～喂喂喂～～？我是艾美拉達～～』

「咦，艾美？我、我並沒有特別期待喔？」

『妳、妳怎麼啦～～為什麼突然說這個～～啊，該不會妳還在工作吧～～？』

面對惠美莫名其妙的辯解，電話另一端的旅伴——艾美拉達疑惑地反問。

「啊，沒、沒事，什麼也沒有，不、不要緊啦，不要緊。」

『是、是嗎～～感覺妳的聲音有點激動耶～～』

雖然說話方式非常悠閒，但艾美拉達基本上在各方面都十分敏銳。若非如此，她應該也無法在西大陸最大國位極人臣了……

『我是因為有點擔心所以才打電話給妳～～』

「我、我有好好在工作喔！而且也沒有忘記勇者的使命！」

這句話怎麼聽都像是在找藉口。

『……好～～這下我稍微放心了～～』

「咦？」

『我的「蘆葦」啊～～說教會又開始出現可疑的舉動了～～我擔心艾米莉亞會有什麼萬一～～』

所謂的「蘆葦」，應該是在暗指密探吧。而教會的可疑舉動，則是應該跟鈴乃有關。

「啊～放心吧。雖然我的確有跟教會的人接觸，但對方跟奧爾巴不同，是個明理的人。」

惠美對艾美拉達大概說明了一下鈴乃現身與沙利葉來襲的事情。

雖然艾美拉達一開始對教會要人出現在惠美身邊感到警戒，但她本身似乎也並不認為所有教會人士都是敵人，在聽了鈴乃的出身與事件的概要後，便大致上接受了。

『我就直說了～這樣不是很危險嗎～？那個天使還在你們那裡吧～？』

「是這樣沒錯啦……呃，不過日本也有很強的人在喔。關於沙利葉的事情暫時應該是不用擔心。」

至於那位強者，當然是指麥丹勞幡之谷站前店的店長木崎。

「不過到最後，還是不曉得為什麼他們想要奪取聖劍呢。」

『嗯～這麼說來，我也從來沒去思考過聖劍的由來呢～據教會所言，似乎是很久以前天界賜予的東西～我這邊也稍微調查一下好了～』

「謝謝妳。不過，妳還有國內的工作要忙吧，別太勉強囉。復興工作進行得順利嗎？」

『真要抱怨起來感覺會沒完沒了～所以妳還是別問了吧～』

早在魔王軍出現之前，安特．伊蘇拉五大陸間的關係就絕對稱不上是良好。特別是掌控貿易關鍵、負責統整的中央大陸現在幾乎喪失了機能，各國便為了取代舊伊蘇拉．聖特洛而展開了激烈的政治鬥爭。

『不過，擁有「死神之鐮．貝爾」外號的異端審問官～居然是那麼嬌小可愛的人，還真

是讓我有點意外呢～幸好對方願意協助我們呢～～』

艾美拉達避開沉重的話題，開朗地說道。

「在嬌小可愛這方面，妳也沒資格說別人吧。」

『我在城裡晃來晃去時～還曾經被新來的守衛當成迷路的小孩子呢～～』

擁有跟鈴乃不相上下的嬌小身材與娃娃臉的艾美拉達，似乎總是煩惱著自己沒有與西大陸大國聖・埃雷帝國宮廷法術師這個職位相對應的威嚴。

「那麼，妳找我有什麼事嗎？」

『啊～對了～除了這些以外～我還有件事想問妳～萊拉有去妳那邊嗎～～？』

「咦？」

『前陣子～她說要去城下的市場逛逛後就再也沒回來了～～』

惠美因為話題轉到出乎意料的方向而感到驚訝。

「呃，在那之前，我連媽媽長什麼樣子都不曉得啊……不過，等一下，妳跟我媽媽住在一起嗎？」

『與其說是住在一起……呃，雖然跟艾米莉亞這麼說也有點那個～但坦白講應該算是被敲詐了～～』

「呃……這樣啊。」

對惠美來說，也只能如此回答。

「總、總而言之，最近除了那位貝爾跟沙利葉以外都沒有人過來……啊。」

說到這裡，惠美不經意地叫出聲。

「那、那個啊，雖然我不確定有沒有關係……」

惠美一口氣解釋完阿拉斯．拉瑪斯的事。當然只將自己與真奧是父母親的部分含糊帶過。

『外表像蘋果的……小女孩啊～我沒聽過這種人類或惡魔呢～除了克莉絲提亞．貝爾以外，最近西大陸也沒有開啟大型「門」的氣息～』

「這樣啊……也是啦。」

安特．伊蘇拉十分廣闊，能操縱「門」的施術者也不在少數。無論再怎麼位居國家重鎮，還是不可能無所不知。

「對不起。我只是覺得可能有關而已，看來是我想太多了。總之，我會多注意一點。講是這樣講，現在的我也做不出什麼大不了的事。」

『不會啦～那個人本來就很我行我素～或許今天就會回來了也不一定～我只是姑且通知妳一聲罷了～關於那小女孩的事～我也會試著在不讓人起疑的程度下調查看看～那我先掛斷囉～』

「啊，等等，艾美……」

說完後，艾美拉達便馬上掛斷了電話。阿拉斯．拉瑪斯的事姑且不論，惠美與萊拉根本就沒見過面。既然連對方長什麼樣子都不曉得，那麼就算再擔心也無濟於事。

「……唉，算了。既然是媽媽，應該不會有什麼危險吧。」

惠美乾脆地做出結論，重新脫下涼鞋走進房間。

她同時打開空調與電視，懶散地坐到椅子上。

「……果然……還是去一趟美容院好了。露出一臉疲憊的樣子出現在那傢伙面前，感覺也很討厭。」

接著一邊單手撥弄瀏海，一邊嘟囔著。

此時電視廣告碰巧正在播放東京巨蛋城的活動通知。

星期日早上，一對由男孩子喜歡的特攝（註：指使用了大量特效的影片）英雄與女孩子喜歡的動畫女主角——這種令人覺得有些莫名其妙的組合，將共同舉辦一場活動。

※

在那之後，四天平安無事地過去了。儘管所有人都在提防與阿拉斯．拉瑪斯有關的事件，但令人驚訝的是什麼事也沒發生。

連唯一對「局外人」洩漏消息的惠美，都完全沒收到進一步的情報或聯絡。

真要說有什麼變化，大概也只有總算受不了被拿來跟阿拉斯．拉瑪斯比較的漆原，開始會自己將餐具拿去流理臺沖水，以及魔王城居民替阿拉斯．拉瑪斯換尿布的技術都進步了而已。

會認為「既然今天沒事，那麼明天應該也不會怎麼樣吧」，就是開始失去危機意識的證據，但被育兒與工作追著跑的日常生活可是不等人的。

無論是否沉溺於安逸的生活，若不自己巧妙地衡量，遲早還是會累垮。雖然鈴乃可說是唯一的例外，但她一個人能照顧到的範圍還是有限。

結果所有人就這麼各自度過四天「平安無事」的日常生活，迎接星期日的早晨。

真奧與蘆屋在早上七點就被阿拉斯．拉瑪斯叫起來。

看來她記得很清楚今天是「跟媽媽一起出門」的日子。

真奧跟不情不願的惠美約好下午一點，在東京地下鐵的後樂園站會合。

這是因為惠美無論如何都無法擺脫上午的工作。

打從決定好要去東京巨蛋城到今天為止，真奧的工作狀況可說是激烈至極。

根據在同一天有排班的千穗證言，真奧簡直就像是有著三頭六臂的阿修羅般，猛烈地同時進行各項工作。

在代理店長的津貼範圍內，似乎也有分一定的等級，就算時薪只提高一圓也好，真奧以此

為目標賣力地工作。

雖然真奧與阿拉斯·拉瑪斯共度的時間也因此減少，但由於鈴乃和蘆屋會輪流帶她出去散步或到麥丹勞，因此阿拉斯·拉瑪斯的心情也非常愉快。

而惠美這段時間都不見蹤影。只有打過一次鈴乃的手機，透過電話跟阿拉斯·拉瑪斯聊天而已。

或許是因為阿拉斯·拉瑪斯還十分年幼，由於她光靠聲音就能知道對方是惠美，所以對電話的存在也毫不懷疑。

在上午九點吃完早餐後。

「爸爸。還沒好嗎？喂～還沒好嗎？」

似乎已經等不及的阿拉斯·拉瑪斯頻頻拉著真奧的袖子。而每次都稍微敷衍過去的真奧，突然想起什麼似的拍了一下膝蓋。

「啊，對了。最近忙著工作，害我差點兒都忘了。蘆屋，我出門一下。」

「您要上哪兒去呢？」

「我要去廣瀨先生那裡。跟他商量自行車的事。」

真奧要鈴乃買下的杜拉罕二號是買回來還不到一個禮拜的新車，究竟有什麼事好商量呢。

「那還用說，當然是關於這孩子的事啦。」

「嗚？」

阿拉斯・拉瑪斯因為突然被摸頭而感到疑惑。

某方面來說也是為了安撫急著想出門的阿拉斯・拉瑪斯，真奧與小女孩手牽手走在早晨的笹塚街道上。

正當兩人抵達位於菩薩大道商店街的自行車店——廣瀨自行車店時，店長正好打算拉起鐵捲門。

「廣瀨先生！」

「嗯……？喔，真奧，早啊。什麼……事？」

睡眼惺忪的廣瀨，在看見與真奧同行的某人後，便像是被水潑到似的睜開了眼睛。

「廣瀨先生，前陣子買的那輛自行車，應該可以加裝貨架之類的配件吧？」

「喔、喔……所以說，你該不會……」

「哇噗。」

像是覺得廣瀨緊張的反應很有趣似的，真奧將阿拉斯・拉瑪斯抱起來說道：

「有沒有能讓這小女孩坐的兒童用座椅啊？」

真奧拜託驚訝不已的廣瀨，花了約一個小時看過各式各樣的座椅後便回去了。

「哎呀，看見那麼不出所料的反應，真是讓人爽快。」

太陽尚未爬過公寓前，真奧在庭院裡將用五千圓買來、固定在前方把手的兒童用座椅裝在杜拉罕二號上面。

「魔王大人也真壞，萬一傳出奇怪的謠言該怎麼辦。」

「沒關係啦！我有好好告訴他是親戚託我照顧的小孩。」

蘆屋一臉不悅，但真奧不予理會。

「……魔王大人，能請教您一件事嗎？」

「啊？」

「雖然現在才問也有點奇怪，但您為何會決定收養阿拉斯・拉瑪斯呢？」

「你不滿嗎？」

「不，並非如此，只不過我覺得交給克莉絲提亞照顧也沒關係……」

「唉，結果在各方面，都是你、鈴乃跟小千在照顧她，不好意思啊。」

「那、那裡，怎麼會……」

「不過啊，我只是覺得若最後出了什麼問題，還是由我來負責任會比較好罷了。雖然沒有什麼證據，當然更沒有做過什麼虧心事。」

說著說著，真奧裝好座椅，將剩下的塑膠套跟附贈的六角扳手收起來。

「有些事情讓我很在意。」

真奧說完後拍了幾下自己的額頭，留下無法釋懷的蘆屋回到房間。

蘆屋交替看向二樓的房間與全新的黃色兒童用座椅，邊思考邊跟著走回房間。

「魔王大人……請您千萬、千萬要小心一點！對方可是勇者，誰知道她會耍什麼花招！」

蘆屋拚命地對準備出門的真奧傾訴。但一般來說應該要反過來才對吧。

「唉，若有什麼萬一，我會去找警備人員求救，放心啦。無論發生什麼事，我都一定會保護好阿拉斯．拉瑪斯的安全。」

真奧丟下以惡魔之王來說完全無法讓人安心的話後，便離開了魔王城。

若是過去的真奧，一定會徒步走到離笹塚只有一站的新宿以省下一百二十圓的電車費，再搭到離「東京巨蛋城」最近的ＪＲ水道橋站吧，但這次好歹還帶了位幼童在身邊。於是真奧便老實地選了較為安全、確實的路線，他打算從笹塚站搭京王新線轉入都營新宿線，在市之谷站轉搭南北線前往另一個最近的車站──東京地下鐵後樂園站。

雖然真奧不想因為遲到被刁難而提早出門，但太陽早已高掛天空，毫不留情地照射地面。

真奧平常上班時背在肩膀上的手提包裡面，裝了阿拉斯．拉瑪斯的杯子、濕紙巾、替換尿布以及補充水分用的口服電解液，既然都準備得那麼齊全了，若為了省交通費而增加她中暑的

危險，反而是本末倒置。

第一次搭電車的阿拉斯．拉瑪斯從頭到尾都顯得非常興奮，但在電車進入地下、聽見窗戶外面傳來「轟隆隆」的聲音時，便顯得稍微有些不安。

經過京王新線新宿站時，一對從地下月臺上車的老夫婦頻頻稱讚阿拉斯．拉瑪斯可愛；父女兩人透過直通的都營新宿線抵達市之谷站，在那裡進行了不熟悉的轉車；之後真奧於後樂園站的月臺下車，搭乘通往地上的大型電扶梯。

在真奧搭電扶梯搭到一半時，遠處下方的南北線月臺有一道人影正擔心地仰望他的背影。

「……沒有可疑的人影……魔王大人，蘆屋會在暗中守護您的背後。」

那個人就是蘆屋。技巧非常差勁的蘆屋正在進行跟蹤，他戴著為了變裝而準備的便宜太陽眼鏡靠在柱子上，只露出一張臉暗中窺視，十分引人注目──基本上在他完全沒注意跟蹤對象以外的周圍狀況時，這項任務就已經稱得上是失敗了。

「蘆屋先生，你現在這個樣子看起來最可疑喔。」

蘆屋因為背後傳來厭煩的聲音而縮起了身子。

「你別再戴那副從百圓店買回來的太陽眼鏡了啦。一點都不適合你，還顯眼得要死。」

「哇啊啊啊啊！佐、佐佐木小姐！」

看見難得戴著帽子的千穗突然出現在自己旁邊，蘆屋不自覺地往後一跳。

「妳、妳、妳、妳什麼時候來的！」

堂堂一位惡魔大元帥，怎麼可以那麼輕易地就被高中女生繞到背後呢。

「我跟你搭同一班電車喔。是鈴乃小姐傳簡訊告訴我的……話說回來，若真發生了什麼萬一，我覺得比起真奧哥，還是蘆屋先生這邊比較有問題吧？」

「怎、怎麼說……」

「蘆屋先生沒有手機吧。要是發生了什麼事，你打算怎麼跟其他人聯絡？」

「呃，我、我打算找公共電話……」

「……我就知道大概會這樣……既然沒有好好確保聯絡手段，表示真奧哥不知道蘆屋先生在跟蹤他囉。」

「啊，嗯，那個，因為我想說如果被艾米莉亞發現，事情會變得很麻煩……」

雖然這個推測沒錯，但既然如此，為什麼不多花點工夫在跟蹤的準備上呢。

「若有什麼萬一，我會借你手機啦，好了，我們走吧。不然會跟丟喔。」

「不過，那個……為什麼佐佐木小姐……」

看見千穗回頭後的表情，蘆屋馬上便為自己的輕率感到後悔。

「雖然我能夠理解，但還是覺得很在意！」

「……失禮了。」

為了避免跟丟真奧，千穗與蘆屋衝上了電扶梯。

惠美跟真奧約好在後樂園站靠近丸之內線的剪票口碰面。

真奧看了一下站內結構圖後，便牽起阿拉斯·拉瑪斯的手走上樓梯。由於後樂園的南北線月臺離剪票口有段距離，真奧擔心阿拉斯·拉瑪斯或許會感到疲累，然而她不但臉不紅氣不喘，還不斷地轉動短短的手腳催促真奧。

遠遠看著這幅景象的千穗忍不住露出微笑。

「……！」

「怎、怎麼了嗎，佐佐木小姐？」

但走出位於地面的樓層後，千穗不禁倒抽了一口氣。

她發現剪票口前站了一位裝扮合宜的女子，正閒著無聊地看著手錶。

女子戴著造型柔和的寬簷帽，並將平常只是隨意放下的頭髮漂亮地綁了起來，那位穿著時髦涼拖鞋的女性，毫無疑問就是惠美。

真奧與蘆屋之所以尚未發現惠美，就是因為她的打扮跟平常實在相差太大了。

「遊佐小姐……意外地有幹勁呢。」

為了平衡頭髮綁起來後變得太空曠的頸部，惠美甚至還戴了一條大型裝飾項鍊，那身成熟女性的打扮，適合到連千穗都一個不小心看呆了的程度。

「嗯……那個人，該不會是艾米莉亞吧？哼，居然打扮成那麼不方便戰鬥的樣子，真是欠缺勇者的自覺。」

順著千穗的視線看過去後，總算找到人的蘆屋提出偏離重點的意見。

「蘆屋先生，真奧哥今天穿的衣服……」

「跟平常沒兩樣。既然對方是艾米莉亞，那根本就不需要特別打扮，在阿拉斯．拉瑪斯來之前，我們家的經濟狀況就已經因為漆原而變得十分拮据，根本就沒有買夏季新裝的餘裕。」

千穗由於嫉妒感作祟，並不希望看見真奧特意打扮前來跟現在的惠美登對地站在一起；然而在真奧以一身舊UNI×LO的模樣現身後，又覺得他的衣著跟裝扮合宜的惠美相比實在不堪入目、純粹替他的品味感到擔心——千穗抱著這兩種複雜的心情掙扎了一會兒。

看來阿拉斯．拉瑪斯比真奧還要早發現惠美。從被阿拉斯．拉瑪斯牽著跑、進而發現惠美的真奧背影來看，他並未特別感到動搖。

如同預期，惠美一看見阿拉斯．拉瑪斯便露出了笑容，但快速掃了真奧全身一眼後便板起臉孔。

這一連串的場景從頭到尾都被躲在柱子後面的千穗與蘆屋看在眼裡。

「呵呵呵呵，兩位覺得惠美今天的搭配如何啊？」

在發現有人突然抓住自己肩膀後，兩人驚訝地回頭一看。出現在兩人眼前的——

「啊……是遊佐小姐的朋友……」

「鈴、鈴木小姐？」

正是緊緊抓住千穗跟蘆屋的肩膀，隱隱露出微笑的鈴木梨香。

這世界的女性，似乎特別擅長出現在惡魔背後。

「請、請問妳在這裡做什麼？」

千穗來回看向梨香跟遠處的惠美。

「哎呀呀，我才想問你們呢。我還以為千穗跟蘆屋先生聚在一起幹什麼，結果不出所料，你們眼前那兩人不正是惠美跟真奧先生嗎？我想既然如此，還是應該跟同好打聲招呼才行。」

話說回來，蘆屋開始回想。

今天之所以會約在這個時間，就是因為惠美上午必須工作。由於惠美應該沒時間先回永福町一趟，所以想必是直接以那副打扮去上班。

「哎呀，真是嚇了我一跳呢。畢竟惠美從來沒打扮成那樣來公司上班過啊。雖然現在看起來比較不明顯，但她昨天一定有去過美容院。」

裝模作樣地將手抵在下巴說話的梨香，刻意說出這些話來窺探千穗的反應。

「是、是這樣嗎？」

「嗯～妳很在意嗎？」

「那、那是因為，呃，要、要說是不在意，呃，那個……」

加上天氣熱的影響，千穗變得滿臉通紅。看見這比想像中還要明顯的反應後，反而是梨香先退讓了。

「呵呵，抱歉抱歉。看來我玩笑開得太過分了。沒什麼好擔心的。惠美那樣只是在逞強而已啦。」

「……咦？」

「基本上惠美跟真奧先生的感情並不是很好吧？那只是為了不想被對手看扁所做的武裝啦。不過啊……」

梨香稍微轉移視線看向真奧。

「太過全神貫注在上面後，反而會不可思議地失誤呢。看來是態度自然的真奧先生大獲全勝了。」

此時惠美、真奧與阿拉斯．拉瑪斯開始朝東京巨蛋城前進。

千穗一回頭，便看見阿拉斯．拉瑪斯跟「爸爸」、「媽媽」手牽手、夾在中間走路的背影，讓她內心激烈地動搖了起來。

「那麼接下來……」

梨香輕輕笑了一下。

「兩位打算怎麼辦啊？」

東京巨蛋城在設計上，是環繞著職業棒球中央聯盟的巨神隊根據地——東京巨蛋球場外圍擴展開來。

從鄰近後樂園站的Lagoon商場到東京巨蛋飯店周邊為止，分布著各式各樣的娛樂設施，可說是都心唯一的大型複合主題樂園。

那裡並未透過入場處劃分區域，而是採取在各個遊樂設施設定使用費，讓經過的客人能輕鬆利用的制度。

許多能回應廣泛年齡層需求的店家都有在Lagoon，或是與後樂園站反方向的商場裡設櫃，這些地方同時也是極受歡迎的購物地點。

而例假日時舉辦的英雄秀，更是這個設施特有的重大賣點之一。

即使持有能免費搭乘所有設施的單日護照者也要另外收費，但聚集了當代人氣特攝英雄們的舞臺，每次公演時都吸引了眾多小孩前來觀看。

在這為所有人帶來歡笑的主題樂園中，笑不出來、只能皺著臉露出複雜表情的真奧與惠美，正被阿拉斯．拉瑪斯拉著到處跑。

位於Lagoon二樓外面的池塘每到固定時間便會播放音樂，利用噴水展示水舞。三人經過時正好是表演時間，數條水柱在描繪出各式各樣的形狀後消失的場景——

「喔…………！」

讓看得目瞪口呆的阿拉斯．拉瑪斯眼中閃閃發光。

「喂！」

「啊？」

看著那道背影，已經有些熱昏頭的真奧懶散地回答惠美的聲音。

「今天陽光很強，你有好好幫她塗防曬用品吧？」

「啊～那個……好像請醫師開處方會比較好……」

根據漆原的調查，許多人表示比起一般藥局賣的商品，這類兒童防曬用品還是請醫生開處方，將來皮膚比較不容易發生問題。

但阿拉斯．拉瑪斯並不適用真奧的健康保險。若讓她在無保險的狀況下就診，從日本一般社會生活的層面來看，之後可能會害魔王城產生問題，所以無法替她準備適當的防曬用品。

「那至少幫她買頂帽子或想想其他方法啊。Lagoon二樓裡有服飾店，先去那邊吧。既然自己說了要收養她，就請你負起責任認真思考！」

惠美的語氣既嚴厲又不容辯駁。因此真奧也只好老實回答：

「嗯，真不好意思……怎麼樣，阿拉斯．拉瑪斯，開心嗎？」

「喔………喔…………！」

「看噴水表演看得入迷啦，原來如此。」

蘆屋、千穗以及梨香在Lagoon二樓外面的陽臺俯瞰三人的樣子。

「喔～意外地像個普通的家庭耶。那小女孩真的很黏惠美呢。」

「……好、好可愛。」

阿拉斯．拉瑪斯緊盯著噴水表演不放，千穗見狀便不自覺地嘆了口氣。

至於蘆屋雖然理所當然地在注意周遭與真奧的安全，但更沒忘了要盯緊真奧是否製造了無謂的支出。

一家三口原本就沒有被跟蹤的自覺，看完噴水表演後，便在沒發現這些跟蹤者的情況下，手牽手前往Lagoon內的商店尋找阿拉斯．拉瑪斯的帽子。

剩下的三人則是隔了一段距離跟在後面。

「喔，是UNI×LO。」

真奧在Lagoon的館內導覽圖發現熟悉的標誌。

「駁回。為什麼你就只會想到UNI×LO啊。」

惠美冷淡地拒絕。

「因為它既便宜又方便……」

「我說啊，你偶爾也去其他店看看吧。雖然我不知道你到底把它們想像成什麼樣子，但實際上那邊的東西並沒有那麼貴啦。」

「欸～」

「欸什麼欸啊！要是阿拉斯．拉瑪斯被教育成像你一樣吝嗇怎麼辦？」

「像我一樣節儉不是很好嗎？」

「……走吧，阿拉斯．拉瑪斯。我們別理那種人。」

「悖理？」

阿拉斯．拉瑪斯被惠美拉著手，戰戰兢兢地走進電扶梯，抵達包括UNI×LO在內，眾多服飾店皆有設櫃的樓層。

「嗯……這些對妳來說還有點太大了。」

惠美拿起幾件童裝，對著阿拉斯．拉瑪斯的肩膀嘟囔。

「不過反正妳很快就會長大，只要不會拖到東西，就算大一點也沒關係吧。」

說著說著，惠美瞥了真奧一眼。

「……你怎麼一句話也沒說啊。明明就算很快也是好幾個月以後的事情。」

「妳在等我吐槽啊，饒了我吧。我可沒打算那麼積極地跟妳溝通。」

「你打算照顧這孩子到什麼時候？」

惠美邊說邊快速地挑了幾件看起來適合阿拉斯．拉瑪斯的衣服，抵在她的肩膀上。

「……誰知道。說不定她真正的父母今天就會現身，然而也或許必須照顧到她出嫁也不一定。」

「出嫁啊……雖然這樣問有點嘮叨，但你要不乾脆就這麼埋骨於日本如何？」

「……喔，這個看起來不錯耶。能擋住照到肩膀的陽光。」

真奧說完後隨手拿起的草帽，意外地非常適合阿拉斯．拉瑪斯。

「雖然這句話或許不該由我來說，但你難道都不擔心剩下的部下嗎？」

真奧的回答十分簡潔。

「嗯，關於這部分，我已經放棄了。」

「……咦？」

「緞帶有紅色跟黃色的呢。阿拉斯．拉瑪斯，妳喜歡哪一個？」

「嗯～『王國』！」

阿拉斯．拉瑪斯指了飾有黃色緞帶的帽子。

這句某方面來說符合魔王風格的冷酷發言讓惠美一時語塞，真奧見狀便不耐煩地聳聳肩。

「妳該不會不曉得艾美拉達和艾伯特，以及奧爾巴和鈴乃他們到這裡所代表的意義吧。」

真奧若無其事地看了一眼自己替阿拉斯．拉瑪斯選的草帽價格後，不禁睜大了眼睛。

「一年，實在有點太長了。當初進攻安特．伊蘇拉的那些魔王軍餘黨，應該已經被徹底殲滅了吧。否則那些可以稱得上是人類世界中最重要戰力的傢伙，怎麼可能那麼悠閒地到異世界旅行呢。」

表面上包括路西菲爾在內，四天王已經全滅，既然魔王軍的指揮系統完全崩潰了，那麼也不難理解會有這樣的結果。

「沒、沒錯。但還真是掃興。該說終究不過是惡魔吧，居然光領導者不在就開始瓦解。」

由於惠美完全沒有同情真奧的打算，因此跟往常一樣出言譏諷。

「我無話可說呢。他們真的是沒有我就什麼也做不了。不過若沒確實取回力量就跑回去，也只會遇到有人造反而已，話雖如此……」

真奧似乎下定了決心，留下惠美與阿拉斯．拉瑪斯，拿起帽子走向收銀櫃檯。

「即便現在的我完全取回了魔王之力，也一定無法征服世界。」

「那、那還用說，基本上惡魔不是已經全滅了嗎，你連自稱魔王都沒辦法吧。」

「惡魔已經全滅？妳在說什麼傻話啊？」

真奧以打從心底將惠美當成笨蛋似的表情回頭說道：

「你們人類在戰爭時，會一個不剩地將國民送上戰場嗎？」

「咦？」

儘管惠美瞬間無法理解對方說了什麼，但真奧不予理會，直接走向收銀櫃檯。

由於馬上就會用到，因此他請店員剪下標籤後，便走回來替阿拉斯．拉瑪斯戴上了帽子。

「嗯哼，可愛嗎？」

阿拉斯．拉瑪斯照著店裡準備的鏡子，偷偷仰望真奧。

「喔，很可愛呢！」

無視於先前的氣氛，真奧傻傻地露出微笑。

「喂，童裝下次再買吧。話說回來，差不多是午餐時間了。現在遊樂設施應該比較空吧？喂，阿拉斯．拉瑪斯，妳想去玩什麼啊？」

「那個，爸爸，那個！」

阿拉斯．拉瑪斯指著Lagoon窗外的自由落體設施。

「嗯～那個妳的身高或年齡應該會不符合標準吧。還是先到處逛逛吧。」

惠美一臉彷彿被哄騙了的表情，無法釋懷地跟在兩人後面。

而接著從後面出現的三人，則是來回地看著店舖跟真奧等人。

「那兩人居然買個帽子就露出那麼憂鬱的表情。」

「呃……該不會是因為那頂帽子很貴吧？」

蘆屋聽了梨香跟千穗的對話，便隨性地拿起跟真奧買給阿拉斯．拉瑪斯同款的帽子——

「兩…………千、五百、圓。」

然後發出彷彿窒息般的呻吟。

「一、一次就花了等同於護照招待券的錢……」

「咦？蘆屋先生，你的臉色好像不太好耶？要喝點什麼嗎？」

「哈、哈哈哈，不用了，請、請別在意，話說回來，我們差不多該走了吧，哈哈哈哈。」

蘆屋露出僵硬的笑容將帽子放回原處，催促著梨香踏出腳步。千穗拿起標榜「今年夏季新品！」的帽子看了一眼價格後，便輕輕擦了一下眼淚，一語不發地將帽子擺了回去。

「不過，感覺不怎麼有趣呢。那兩人意外地成熟。我原本打算若發生了什麼麻煩就要進去介入，但小孩子果然是夫妻間的橋梁呢。」

「咦？鈴木小姐，妳不是單純過來看熱鬧的嗎？」

千穗忍不住坦白詢問。

「不行喔，千穗～怎麼可以那麼小看姊姊呢，嗯？」

梨香笑著玩弄千穗的臉頰。

「啊唔，對噗起……」

「雖然我不是完全沒那個意思，但反正就算休息也沒事做。所以我才為了善後而過來進行

觀察啊。」

「善後？」

「沒錯。因為那小女孩是真奧先生的親戚吧？若那麼親近的孩子突然離開了，惠美可是會很受傷喔？像這種時候，要是能有個對情況了解到一定程度的人陪她去喝酒，那不是會差很多嗎？」

「嗚……的、的確。」

好不容易被放開臉頰的千穗，不自覺地用雙手夾住自己的臉。

「再來～就是我也很好奇惠美會用什麼樣的表情跟男人出門？」

「果、果然是來看熱鬧的嘛！我被白捏了！」

「不對啦，千穗，這時候應該要說『偷窺』才對。」

「那樣更糟糕啦！」

「話說回來，千穗又是如何？妳既然不是真奧先生的親戚，為什麼還要偷偷跟在他們後面啊？」

「我、我、我又不是，那個……」

「好啦，我不會告訴其他人，跟姊姊說說看妳的事吧。」

「……你們兩位高興就好。」

蘆屋在兩位嬉鬧的女性背後無力地說道。

「哎呀，別這麼說嘛。」

「哇！」

蘆屋因為突然被人抓著肩膀拉過去而發出呻吟。

「唉，我知道惠美是害蘆屋先生公司破產的間接原因之一啦。不過你們現在既不是商業對手也沒什麼特別關係吧？她又不會吃了你，所以不用那麼認真吧？」

雖然對方完完全全是自己的商業對手，彼此之間的關係別說是被抓去吃了，就連被斬殺也不奇怪，但蘆屋當然不會這麼告訴梨香。

「我建議蘆屋先生去讀夏目漱石的書喔。」

「為、為什麼突然說這個？」

「嗯～裡面有很多話正適合逞強過活的蘆屋先生喔？」

開心地看著蘆屋一臉困惑後，梨香總算放過了蘆屋。

面對關西上班族瞄準他人內心深處一口氣跳進去的積極攻勢，此時千穗跟蘆屋都只有被戲弄的份。

「不過啊……」

梨香用莫名其妙地互望彼此的蘆屋跟千穗聽不見的音量，小聲地嘟囔道：

「比起那些聰明過生活的傢伙，我還比較喜歡這種人呢。」

阿拉斯．拉瑪斯開心地用手抓著一捆五顏六色的氣球。

似乎是受到那些色彩鮮豔的東西吸引，小女孩沿路向真奧討著氣球。

「啊……我好像看見某人將來變成無法違抗女兒的蠢爸爸身影了。」

惠美用Lagoon發的簡易紙扇搧著臉，邊用礦泉水潤喉邊嘟囔道。

看著坐在旋轉木馬的小馬車上高聲歡呼的阿拉斯．拉瑪斯，以及陪她一起搭乘、看起來也並非不高興的真奧表情，惠美開始覺得不如乾脆丟下一切，直接回安特．伊蘇拉算了。

真奧剛才所說的話，至今仍在惠美耳邊縈繞不已。

那件事並未嚴重到讓人在意的程度。

關於惡魔被人類勢力驅逐這點，惠美單純只覺得高興而已，倒不如說這樣還比較自然。

儘管因為真奧在關鍵的部分隱藏了真心，所以不曉得他實際上如何看待這件事，但表面上他預測那些惡魔已經全滅時，並沒有露出傷心或憤怒的表情。

不過真奧的那一句話，卻讓惠美不得不對某件自己過去認為理所當然的事情產生了警惕。

某個被自己當成像呼吸、喝水般自然的前提，似乎是錯誤的……

「……喂……喂，惠美！」

「……咦？啊，抱歉，什麼事？」

在惠美陷入思考時，真奧不知何時已經下了旋轉木馬，站在她的旁邊。

「妳怎麼啦，居然在這裡發呆。是中暑了嗎？」

「那、那怎麼可能！話說回來，別突然靠得那麼近啦！然後呢，有什麼事？」

「阿拉斯・拉瑪斯好像想看這個。」

真奧指向布告欄，上面貼著堪稱東京巨蛋城最知名的活動、告知英雄秀舞臺的海報。

雖然電視廣告前幾天就有在宣傳公演的事情，但有件事卻更令惠美感到在意。

「……你買了電視？」

這場公演的賣點，似乎是讓五位不同顏色的特攝戰隊跟色彩鮮豔的魔法少女共同演出。雖然因為適逢星期日加上天氣晴朗而頗具盛況，但重點在於每一個主題，都是在星期日早上播映的兒童電視節目。

「在討論電視之前，連天線都還是類比的呢。」

某方面來說，真奧的回答倒也不怎麼令人意外。

「不過，阿拉斯・拉瑪斯好像特別喜歡這種色彩鮮豔的東西。雖然我不曉得她是否有什麼特別的想法。」

阿拉斯．拉瑪斯緊盯著掛在舞臺外面的海報，上面畫著特攝英雄戰隊跟動畫魔法少女們的搭檔——這種冷靜一看便會讓人覺得有點奇怪的畫面。

「去看一下是無所謂啦，但這好像不包括在護照裡，要另外收錢喔？你沒關係嗎？」

「…………晚點我再跟蘆屋道歉就好。反正已經連帽子都買了。」

猶豫了很長一段時間後，真奧總算做出了結論。明明是自己賺的錢，為什麼會在主夫面前抬不起頭來呢。

「……真沒辦法。阿拉斯．拉瑪斯的分就由我來出吧。不過你的就自己想辦法吧。」

「感激不盡！」

身為魔王，怎麼能這麼輕易就對勇者低頭呢。

然而對惠美來說，其實是想刻意賣魔王一個恩情。這麼一來，應該足以償還鈴乃事件時欠蘆屋的人情了吧。為了保險起見，惠美原本甚至打算連真奧的分都一起出，但還是因為這麼做太過頭了而打消主意。

惠美走進附近的售票亭，但工作人員卻慎重對她低頭賠禮。

「那個人說最近一場公演的票已經賣完了。再下一場好像要等兩個小時？」

惠美回頭對真奧說道。

「真的假的。那麼，先買好下一場的票，然後去吃飯吧？」

「也對。那就買兩張成人票跟一張兒童票吧。」

惠美買了所有人的票。

「拿去，成人票一張一千五百圓。」

「好，我收下了。」

真奧從錢包裡拿出錢交給惠美並收下票後，便抱起阿拉斯．拉瑪斯，看了一眼場內地圖，隨便走向一間飲食店。

「那兩個人的感情好像變得還不錯呢。」

「……」

「……」

梨香當然是為了看蘆屋跟千穗有趣的反應，才刻意如此說道。

「不過英雄秀啊。我小時候很想看呢。怎麼樣？要進去嗎？」

「這就有點……」

「感覺就算進去，也不能怎麼樣……」

「咦？為什麼？」

千穗跟蘆屋同時表現出一副舉棋不定的態度，讓梨香感到十分疑惑。

「因、因為那是給小孩子看的吧？像我們這樣的組合，感覺進去也沒什麼用……」

「千穗的想法好古板。第二世代（註：指1970年代後出生的日本人）真古板呢。」

「咦？」

「現在啊～意外地連大人也會看這種東西喔。雖然很久以前還有許多主婦，為了飾演變身前特攝英雄的帥哥藝人而熱烈地收看，不過啊，像這種表演，不是都會事先錄好音嗎？有些人就是為了聽這個才來的吧？」

「咦咦？」

「還有這個動畫……」

「雖然我小時候有看過，但最近種類實在增加太多了……是叫普莉菩兒（註：暗指動畫《光之美少女》）嗎？」

《魔法少女普莉堤．菩兒》系列動畫與戰隊作品擁有某些共通的特徵，並沿襲了讓穿著色彩鮮豔衣裝的魔法少女們戰鬥的人氣動畫潮流。不但稱得上是最近少女動畫的代表作品，還受歡迎到每年都會推出電影版的程度。

「光是動畫就已經有一定的需求量，最近連聲優也廣受歡迎對吧？有些非常喜歡這部作品的男生，連長大後都還會聚在一起看雜誌呢。」

「喔……意思是不問男女老少以及年齡階層都非常受歡迎吧。」

「呃，我想，應該不是那個意思……」

千穗在有些偏離方向的部分感到欽佩，蘆屋則是戰戰兢兢地吐槽。此時，下一場秀似乎正好開演了。

不愧是必須收入場費的表演，即便外面沒有能窺探內部的場所，還是聽得見場內的歡呼聲，其中甚至還混了一些明顯並非兒童的怒吼。

梨香看見表情僵硬的千穗後苦笑道：

「那麼，我們也去吃飯吧。」

梨香將手指向位於舞臺入口正對面、採取露天咖啡座形式的義式餐廳。

兩小時後，真奧等人在離英雄秀舞臺相對前面的位置並排坐了下來。

「這位置還不錯呢。明明是簡易舞臺，但居然全部的位子都有劃位。」

真奧坐在長椅上朝周圍四處張望。

「若採取自由入座，似乎會害一些小孩有可能看不見舞臺呢。」

「啊？這是怎麼回事？」

「這世界上可是有著各式各樣的人呢。」

雖然是採取對號入座，但由於並未像電影院般用扶手區隔座位，因此無論如何都會跟左右

的人產生肢體接觸。

雖然在自己跟阿拉斯．拉瑪斯間放了行李，但惠美還是因為跟真奧坐得太近而覺得難以施展。

儘管身處人群之中，但惠美還是難以忍受長時間跟真奧緊密接觸。

這次的舞臺似乎也是座無虛席，加上陽光直接照射，溫度感覺比外面還高了二、三度。就在這段期間內，突然傳出以大音量播放的吵鬧主題曲，舞臺上也倏地竄出了煙霧與煙火。

雖然戰隊英雄節目通常都有主題，合體機器人或必殺技的設定也會同時受其影響，但看來這次的戰隊英雄似乎只有「忍者」這個主題。

舞臺正中間設立了一個約兩層樓高的大樹布景，五位英雄各自擺著姿勢跳到該處。

「喔，他們居然從那麼高的地方跳下來啊！」

「……明明是個魔王，你在感動個什麼勁啊。」

「不過，有那種顏色的忍者嗎？」

「別對兒童節目說那種不識趣的話啦。」

雖然英雄們在每次行動時都會參雜些讓人聯想到忍者的動作，但身上塗了螢光色顏料的忍者實在是讓人覺得顯眼得不得了。

舞臺中間的樹木布景在接下來的普莉菩兒表演中似乎也會用到，那部作品是將「自然之力」當成能量來戰鬥。

「喔，他們的動作還不錯嘛！那些人不能普通地加入軍隊戰鬥嗎？」

照理說應該是忍者部隊的特攝英雄們所迎戰的對手，不知怎麼的似乎是外星人。

看起來像是頭目角色的外星怪人出現後，場內的孩子便一同發出極大的歡呼聲。

「喔喔，加油啊，壞人！他還滿受歡迎的嘛。」

「我說啊，那並非角色本身受歡迎，而是因為接下來即將被打倒所以才會受歡迎啦。」

「妳才是別說些不識趣的話啦，喂，阿拉斯．拉瑪斯，妳比較喜歡哪一邊……」

跟阿拉斯．拉瑪斯搭話後，真奧總算發現了異常之處。

平常最喜歡表情豐富與色彩鮮豔物體的阿拉斯．拉瑪斯，正面無表情地茫然盯著舞臺。

「喂，阿拉斯．拉瑪斯？」

惠美也因為真奧的聲音而發現到不對。

「怎麼了？」

「沒事，感覺，她好像在發呆……怎麼了，阿拉斯．拉瑪斯，妳身體不舒服嗎？」

「生密……樹。」

「咦？」

「掉下來了……」

「什麼，怎麼了？」

由於周圍非常吵鬧，所以儘管知道阿拉斯·拉瑪斯正在說話，真奧與惠美還是完全聽不見內容。

「爸爸，那個，是生密樹。」

「嗯，怎麼了嗎？」

「大家，都從樹上掉下來了。媽媽帶著我，逃跑了。『王國』已經不在了。」

「樹？『王國』？那是什麼……哇！」

真奧一整個慌了起來。

雖然不曉得原因為何，但阿拉斯·拉瑪斯的額頭突然浮現出新月的花紋。

那擁有直逼水晶質感的圖案，蘊含著跟阿拉斯·拉瑪斯的眼睛與頭髮相同的紫色光芒。

「……這是，什麼？」

儘管真奧將阿拉斯·拉瑪斯的帽子蓋到遮住眼睛的程度，但惠美已經看見了這幅景象。

「……妳之前沒發現嗎？這孩子一開始出現在公寓時，也曾浮現出相同的圖案。雖然馬上就消失了呢。喂，阿拉斯·拉瑪斯，振作一點。」

「喂，不能搖她啦。總之，先離開這裡吧！那個，不好意思！我的小孩突然覺得不太舒服……」

惠美無視真奧的回應，抱著阿拉斯．拉瑪斯推開興奮的人群走出會場。

雖然惠美也考慮過找工作人員，但若被問到額頭的現象就無話可說了。

在確認過真奧抱著兩人份的行李跟上來後，惠美決定暫且抱著至今依然愣愣地望著空中、自言自語地嘟囔著什麼的阿拉斯．拉瑪斯，尋找能冷靜下來休息的涼爽場所。

她將手抵在小女孩的額頭上，但並沒有找到發燒或大量出汗的症狀。雖然看起來並非中暑，但惠美卻完全不曉得小女孩額頭上那看似原因的月亮圖案究竟代表什麼意思。

就在惠美為了冷氣而衝進Lagoon的建築物時，剛好發現有一張長椅是空的。她坐下來之後——

「魔王，去買點喝的東西過來！」

便對從後面拚命追過來的真奧說道。

「這、這個不行嗎？」

真奧從包包裡拿出補充水分用的口服電解液。

「快拿來！」

惠美搶過瓶子，抵在阿拉斯．拉瑪斯的嘴巴上。

「還有，除了這個之外，快去找點冷的東西過來！不是要拿來喝，而是用來抵在脖子之類的地方幫她降溫！」

「喔、喔！」

就在真奧雖然驚慌不已，但依然確實地遵從惠美的指示，為了找自動販賣機而跑著離開時——

「沒事吧？」

一位路人對抱著阿拉斯．拉瑪斯的惠美搭話。

惠美一抬頭，便發現有一位穿著白色連身裙、戴著白色寬簷帽的美麗女性站在自己面前。女性用漾著彷彿能將人吸進去般色彩的眼睛，俯視惠美與阿拉斯．拉瑪斯。

「啊，是的，沒事。看來並不是中暑，只是稍微有點不舒服而已……」

「……媽媽？」

之前無論怎麼呼喚都只是盯著空中看阿拉斯．拉瑪斯，突然像是發現什麼似的發出聲音。

惠美表情一亮，凝視著阿拉斯．拉瑪斯的臉。

「我就在這裡喔。沒事吧？」

「嗯……」

儘管小女孩的臉色沒變，但聲音聽起來卻像發燒了一樣。惠美假裝替小女孩擦汗，打算遮住阿拉斯．拉瑪斯的額頭。接著——

「吶，可以打擾一下嗎？」

白衣女子突然在惠美眼前蹲下，將手放在阿拉斯．拉瑪斯的頭上。

「妳、妳幹什麼？」

「安靜點，一下子就好。」

女子的語氣絕對稱不上強硬，但惠美還是乖乖地閉上了嘴。女性遮在阿拉斯．拉瑪斯頭上的左手無名指，戴了一個鑲著小顆寶石的戒指。

就在太陽的照射之下，讓惠美覺得戒指瞬間發出紫色的光芒時——

「嗚……嗚……」

阿拉斯．拉瑪斯竟突然抬起身來。

「嗯？嗚？咦？爸爸？」

像是剛從惡夢中醒來似的，阿拉斯．拉瑪斯開始環視周圍、四處張望。

阿拉斯．拉瑪斯起身時順勢弄掉了帽子，但最讓惠美感到驚訝的是，小女孩額頭上的月亮花紋居然完全消失了。

「啊，媽媽，哇噗！」

惠美瞬間做出判斷，為了保護阿拉斯．拉瑪斯而將她抱到自己背後，英勇地起身瞪向白衣女性。

「不用那麼警戒我沒關係啦。我不是妳的敵人。」

白衣女子泰若自然地拉起裙襬，輕輕地笑了一下。

「也不是那孩子的敵人……虧你們能平安無事地將阿拉斯．拉瑪斯照顧得那麼好呢。」

「！」

惠美在這位女子面前一次也沒有喊過阿拉斯．拉瑪斯的名字。

「為什麼，妳會知道這個名字……」

面對惠美的提問，女子嫣然一笑。

「我知道啊。畢竟是那麼重要的名字。」

一見到這位女子的表情，惠美的胸口就一口氣悸動了起來。

惠美腦中瞬間想起三天前艾美拉達打來的那通電話。

從對方的口氣來研判，女子似乎知道阿拉斯．拉瑪斯的真面目。

難不成這位女子……

雖然惠美感覺到一股不同於暑氣的激奮感，但微笑的女子立刻轉成了一副認真的表情。

「小心一點。那孩子的敵人已經發現她額頭上有『基礎』的碎片，之後一定會過來。加百列旗下的『天兵大隊』已經開始行動了。」

「『基礎』的碎片？加百列……等等，難不成妳是……」

「喂，惠美，我買回來囉！」

惠美因為一種不可名狀的預感，而打算詢問女子時，抱著寶特瓶與罐裝果汁的真奧正好邊大喊邊走了過來。

就在惠美的注意力瞬間被引開時——

「媽媽……」

「！」

白衣女子便不見了。

彷彿一場白日夢般，女子就這麼忽然消失了。

「幸好我很快就找到自動販賣機了。這個……嗯？哎呀，阿拉斯・拉瑪斯，妳醒啦。」

「爸爸，歡迎回來。」

「啊，喔、喔，什麼？看樣子我是白跑一趟了。哎呀，雖然這樣很好，不過到底是怎麼回事啊？」

「怎樣？」

「呃……啊，嗯，算了。喂，惠美，怎麼噗！」

「為什麼你總是那麼不會看場合啊！」

「什、什麼啦！我又怎麼了！妳、妳幹嘛突然打人……」

「媽媽好可怕！」

「啊！找到了找到了！鈴木小姐，找到他們了！」

「喔～幹得好啊，千穗！這就是愛的力量吧！」

「我、我就說別鬧了啦！」

「真是的……居然會被橄欖油搞壞肚子，蘆屋先生意外地軟弱呢。為了等你上廁所，害我們多花了那麼工夫在找人。」

「真、真是不好意思……」

都怪蘆屋的肚子迅速對義式餐廳的橄欖油產生了反應，害千穗等人跟丟了真奧、惠美跟阿拉斯・拉瑪斯。

一行人因為在走出英雄秀舞臺的觀眾裡找不到人而四處奔波，最後是千穗發現了抱著阿拉斯・拉瑪斯、拉著真奧往前走的惠美背影。

看來惠美似乎正朝大摩天輪Ｂｉｇ・〇前進。

「她想搭摩天輪嗎？惠美好像還滿積極的呢……」

「這時期搭摩天輪，感覺會很熱呢。」

「那個摩天輪的座艙基本上都有裝空調啦。只要有塗防曬油，坐起來還滿舒服的喔。」

「真、真是奢侈！」

對空調的完備提出抗議者，當然就是蘆屋。

「話說回來，惠美那麼積極地帶真奧先生到位於空中的密室，到底是想做什麼啊……」

「鈴木小姐！」

「千穗，妳的表情好恐怖喔。開玩笑的啦。」

由於梨香是在有自覺的狀況下這麼做，所以更顯得惡質。

「不過我們姑且還是跟過去看看吧，雖然應該也不會有什麼事。蘆屋先生，你沒事吧？」

「是的，勉勉強強……」

一臉蒼白的蘆屋舉起手點頭。

由於正值夏季，再加上平常總是吃些粗食，因為天氣熱而身體不適的蘆屋，只要偶爾吃個重口味的義式料理，就會替胃帶來沉重的打擊。

「雖然我不曉得兩位是基於什麼樣的考量跟過來，但看起來沒什麼大不了的呢？」

對狀況一無所知的梨香樂觀地說道，千穗跟蘆屋只能以複雜的表情面面相覷。

「歡迎光臨！歡迎來到大摩天輪Ｂｉｇ・○……呃……」

在摩天輪入口處驗票的工作人員，因為遇見一對氣氛出乎尋常地險惡、帶著孩子的年輕夫婦，而忍不住倒抽了一口氣。

與其說是險惡，不如說是先生正在害怕生氣的太太。至於那名才兩歲左右的小孩，則是因為不曉得該聲援哪一邊而感到困惑。

「三個人！」

那位太太像揮直拳般亮出三人份的護照，工作人員猛力地點頭讓他們前進。

「嗨，各位好！這裡可以拍照喔！做為來訪紀念，那邊的攤位有在賣照片喔！若有需要，請在搭完車後購買！」

摩天輪乘車處站了一位拿著大型數位單眼相機的工作人員，看來那個人會以娛樂設施的價格替訪客拍攝紀念照片。

「……應該是不需要啦……」

「啊，若不需要我們會當場消除！請幾位站在那邊，來，這位爸爸，請你抱著小孩站在最中間，沒錯，就是那樣！不好意思，麻煩把令千金的氣球移到後面一點。」

雖然是場超乎必要興奮又強硬的攝影——

「爸爸，那是什麼？」

但阿拉斯．拉瑪斯看見工作人員拿的相機後，便好奇地問道。

「嗯？那個叫做相機，會拍下阿拉斯．拉瑪斯的照片喔。」

「照片？」

若是安特．伊蘇拉不存在的字彙，就算能夠理解它的日語，意思似乎還是不能相通。

「呃，那個，就是畫啦，那是會畫圖的魔法道具。妳要仔細盯著那位姊姊拿的黑色物體圓圈的部分看喔。」

「喔～」

也不曉得是否真的搞懂了，阿拉斯．拉瑪斯的好奇心全寫在臉上，開始凝視相機的鏡頭。

「這位太太，能麻煩您將視線對準這裡嗎？」

「……」

雖然惠美焦急地假裝無視，但就算對不認識的人做出這麼幼稚的舉動也沒意義，只好無奈地將視線轉了過去。

「好！要拍囉！來，笑一個！……很好！拍得不錯！若需要的話，請在回程時購買！」

在工作人員莫名情緒的歡送下，三人總算搭上了摩天輪。

「啊，真涼快。」

原本以為摩天輪內會熱得像蒸氣浴一樣，然而座椅的椅背卻吹出冷氣，並放起了背景音樂。雖然座位硬，但這空間出乎意料地舒適。

「請小心氣球。繞一周約十五分鐘，並請別在座艙內飲食或吸菸。那麼請慢走！」

工作人員快速說著注意事項，關上大門。

「啊，他們已經搭上去了！」

儘管惠美等人並未發現，但千穗、梨香與蘆屋正好也在此時來到了摩天輪的售票亭。

「要被拉開了！動作快！」

在梨香的催促之下，蘆屋與千穗慌張地將錢放進自動售票機。然而——

「那個，不好意思打擾一下。」

「是的？」

千穗旁邊卻突然有人向她搭話。

仔細一看，一位老太太正帶著看似是孫子的小孩，在千穗旁邊的自動售票機前不知所措。

「那個，請問這機器是要怎麼操作啊？」

「啊，是的，首先要將錢放進這裡……這個是觸控螢幕喔。」

千穗知道有些年長者無法理解觸控螢幕的概念，只要一遇見這東西就會陷入名為觸控螢幕症候群的不知所措狀態。

這臺自動售票機的投幣口不但距離操作螢幕有些距離，畫面上也沒有任何說明，單純只有顯示價格的按鍵，操作性看起來並不太好。

「這座摩天輪好像不會對兒童收費，所以一共是這個價錢，接著要在這裡選取張數……」

千穗幾乎是一步一步地仔細指導，協助那位老太太買票。

最後老太太總算順利買好了自己跟孫子需要的票。

在那之後，老太太邊走向摩天輪邊不斷地向千穗道謝。

「啊！不好了！」

一個不注意便開始熱心指導的千穗，這才想起梨香跟蘆屋還在等著自己。

「…………咦？」

摩天輪的搭乘處跟售票亭並不大。但到處都找不到蘆屋跟梨香的身影。

「咦？咦咦？」

就在驚訝地說不出話來的千穗抬頭仰望摩天輪時，正好跟貼在窗戶上、表情僵硬的梨香對上了視線。

「咦咦咦咦咦咦咦？」

「那麼，你也差不多該告訴我了吧？」

在狹窄的座艙中，被惠美斜眼瞪著的真奧陷入無路可逃的窘境。惠美緊迫盯人的視線穿過

阿拉斯．拉瑪斯拿著的氣球間隙，看起來十分恐怖。

「我打從一開始就覺得很可疑。你明明就那麼討厭麻煩，為什麼會說出要收養這孩子？」

「呃，那個……」

「還有，你好像知道剛才那個月亮圖案是什麼吧？快把你知道的事情全都老實招來！」

「媽媽，那個好大喔，那是什麼啊？」

「嗯……那是東京晴空塔喔。」

「就是因為有那種東西，所以光買電視也什麼都不能看啦。」

「別轉移話題！」

三人搭乘的座艙，因為強大的衝擊而輕輕晃了一下。

而該處後面第二個座艙，則是只有梨香跟蘆屋在搭乘。

「唔……要是再早一個座艙，就能稍微觀察到狀況了。」

儘管兩人緊急搭上了摩天輪，但由於座艙本身的設計並非透明，所以雖然不是完全看不見，但還是很難觀察前面第二個座艙。

「…………………」

另一方面，坐在蘆屋對面座位上的梨香，則是全身僵硬地直盯著自己腳邊看。

梨香原本以為會跟上來的千穗，似乎因為某些理由而耽擱，等一回神後才發現已經只剩下自己跟蘆屋兩個人了。

「鈴木小姐，妳怎麼了嗎？」

「呀！咦？」

不久之前還生龍活虎的梨香突然變得沉默不語，就算不是蘆屋也會感到在意。

「啊，咦，呃，那個，千穗，被我們丟下了，真是對不起她啊。」

「因為當時只想著要盡快跟上去……」

蘆屋坦率地接受了梨香不自然的回答，嘆了口氣後便深深地坐在椅子上。

「……………！」

摩天輪的座艙絕對稱不上寬廣。只要高眺的蘆屋一坐在對面，兩人的膝蓋或腳無論如何都一定會有某處產生接觸。

結果梨香先前之所以能那麼游刃有餘，全都是因為有千穗這位同行者在的緣故。

雖然只要有其他人在場，肢體接觸也好，狹窄的空間也好，梨香都不會放在心上，但與男性在密閉場所獨處，對她來說可是前所未有的經驗。

更何況對方還是蘆屋。

梨香在一個禮拜前那場和惠美與鈴乃有關的騷動中認識蘆屋時，只覺得他是個有點奇怪的人，而在今天經歷了數小時的共同行動後，這樣的印象又變得更強烈了。

「沒事吧？妳的臉有點紅，是曬太多太陽了嗎？」

「好、好近！」

「咦？」

「啊、啊，不是，沒事，我沒事啦。大概是防曬油沒什麼效而已，嗯。」

梨香將身體往後退到極限，揮著手否定。蘆屋也沒特別起疑，開始環視周圍的景色。

雖然工作人員說繞一圈只需要十五分鐘左右，但害羞過頭的梨香根本就沒有自信能撐到那時候。

此時千穗正坐在摩天輪搭乘處的長椅上，自暴自棄地喝著從自動販賣機買來的「佐藤園綠茶」。

「所以呢，你是要說！還是不說！想死嗎？」

「這選項也太少了吧！還有，別在小孩面前講那種有害情操教育的話啦！」

至於前面的座艙內，則是還在持續「說與不說」的爭論。

「我說這無所謂吧！我又沒做什麼壞事，反正讓我當阿拉斯．拉瑪斯的爸爸就對了啦！」

「就算你覺得無所謂，但我可不這麼覺得啊！你難道沒看見剛才那位站在我前面的白衣女子嗎？接下來絕對還會產生其他的麻煩！她還提到了天兵大隊耶！若不想與我為敵，你現在最好立刻一五一十地把自己知道的事情都吐出來！」

「看見什麼啊？只要告訴妳，妳就會站在我這邊嗎？」

「才不是你那邊！而是這孩子的同伴啦！」

惠美用視線比了一下直盯著外面瞧的阿拉斯．拉瑪斯。

就在兩人看著阿拉斯．拉瑪斯背影的這段時間，座艙正緩緩地朝最高點前進。

「……那是以前，某個人交給我的。」

似乎總算死心的真奧，一臉凝重地嘆了口氣。

「別說是魔王了，當時的我只是個比哥布林稍微好一點的臭小鬼而已。」

眼見真奧總算願意說明，惠美便馬上停止攻擊開始聆聽。

「在距離妳出生還很遙遠之前，魔界真的是個無藥可救的地方。那裡是個只要不同種族的惡魔一碰面，就會開始互相殘殺的世界。我出生的一族不但是個別人一吹就會飛走的弱小部族，最後還被一隻連魔法都不太會用、看起來連腦袋都是用肌肉做的、只有腕力可取的惡魔給全滅了。雙親倒在地上死去的身影，就是我對他們最初也是最後的記憶。」

真奧突然開始講起自身的境遇。雖然覺得這些經歷反而對阿拉斯．拉瑪斯的情操教育更糟，但惠美還是先不插嘴，讓對方繼續說下去。

「一族在與附近其他種族的爭鬥中落敗後便被趕盡殺絕，我也被人像垃圾般丟棄。當時我已經是奄奄一息了。但有個人卻一時興起地救了我這個骯髒的惡魔小鬼。」

真奧望向遠方，有些懷念似的說道。

「我就是在當時初次遇見所謂的天使，對方擁有我從未見過的純白羽翼。」

「爸爸，那是什麼？」

「嗯？喔，虧妳找得到呢，阿拉斯．拉瑪斯！那叫做飛船喔。」

「飛船？」

阿拉斯．拉瑪斯目瞪口呆地仰望著浮在空中的飛船。

「我剛才說到哪兒啦？」

「到天使救了瀕死的你……」

「啊，沒錯沒錯。因為當時我的腦袋還只有哥布林等級，所以儘管身負重傷，依然打算出手攻擊，現在想想那個人應該是相當高位的天使吧，對方根本就沒把我放在眼裡。儘管如此，那個人並沒有殺了我。雖然惡魔只要撐過危險期就會自己痊癒，但那個人偶爾還是會來檢視我的傷勢，並自顧自地說一堆我不想聽的話。我當時還無法動彈，因此也只能聽下去。託那個人的福，我得知了許多前所未聞的事情。」

惠美感到十分驚訝。

既然是魔王撒旦，惠美原本以為對方應該是出生於相當高位的惡魔家系（前提是惡魔也有家系），並且打從一出生便是魔王。

「唉，由於傷勢非同小可，因此我花了不少時間才恢復到能夠行動的程度。過了一段時間後，我總算了解那位天使沒有殺害自己的意思。雖然我明明就不想聽，但對方還是擅自繼續說下去，讓我增長了許多各式各樣的知識。不過愈是聽下去，愈是覺得天使這種存在不可能會幫助惡魔。於是我就問了。問那個人為什麼要救我。」

「……然後呢？」

「……不准笑喔？要是笑了，我就不繼續說下去囉。」

真奧不知為何有些難為情地移開了視線。

「……因為當時，我哭了啊。」

「咦？」

「那個人是第一次看見惡魔哭，所以才無法對我置之不理。」

無論基於何種理由，惠美都無法想像惡魔哭泣的樣子，但此時惠美首次注意到，自己對「惡魔」這個種族的生態其實幾乎是一無所知。

「你當時，為什麼會哭啊？」

真奧因為惠美的問題而板起了臉，但由於對方看起來並非是在開玩笑，因此只好一臉不悅地坦白回答：

「唉，有很多理由啦。雖然我之前也說過了，我並不為自己父母或親人的死感到悲傷。真

要說的話，大概是對自己的弱小，或是自己這麼輕易便死去的蠻橫現實，這一類的事情感到憤怒吧。」

或許是因為提到了痛苦的回憶，真奧稍微避開了惠美的視線。

「總之在那之後，直到傷勢痊癒為止，我不但受到那個人不少照顧，還聽了許多各式各樣的事情。我也是在當時才第一次知道人類世界的存在。」

「！」

雖然真奧只是輕描淡寫地帶過，但這對惠美來說卻是無法充耳不聞的事實。

魔王侵略安特．伊蘇拉的遠因，居然是天使？

當然並沒有證據顯示真奧剛才說的都是實話。但若是事實，或許足以動搖世界根本的安寧也不一定。

「這孩子……創造出這孩子的水晶，就是那位天使離開時留下來的。那是一塊呈新月形的美麗紫色水晶。」

「討厭，我還要看啦～」

阿拉斯．拉瑪斯因為突然被真奧抱起來而出聲抗議。

雖然小女孩的額頭上沒浮現出任何的圖案，但那個新月形的花紋，應該就是象徵著那塊水晶吧。

「『若想更了解這個世界，就試著栽培這顆種子吧。加油啊，大魔王撒旦。』」

「咦？」

「……這是那個人留下來的『文字』，同時也是我從天使那兒獲得的貴重財產之一。這可是除了怒罵與暴力以外，革命性的情報傳達手段呢。之後我也有所成長，短短兩百年就在激烈的戰鬥中建構起出色的惡魔社會，然而就算省略這段輝煌的過程，若當時沒有獲得這些知識，應該也無法達成這樣的偉業。所以我就栽種了那顆新月形的種子。雖然不曉得種子的真面目，但我相信它一定會對我有所助益。話雖如此，當類似植物的物體從水晶內長出來時，我也嚇了一大跳呢。」

真奧的眼裡正映照出不遠的過去。亦即座落於安特．伊蘇拉中央大陸最大貿易都市伊蘇拉．聖特洛遺址——象徵魔界變革的真正魔王城。

初次見識到魔界以外世界的魔王撒旦，因為期待月亮形狀的紫色水晶能孕育出未來而埋下了種子。

就埋在只有自己能進入的魔王辦公室深處，能夠遠眺天空的花盆中。

「我並非真正的魔王。撒旦這名字在當時的魔界，可是多到地獄犬隨便走在路上都會碰到一兩個的程度。『撒旦』似乎原本就是存在於比神話還要古老的時代、傳說中的大魔王之名。真虧那不像樣的魔界居然還能留下這種傳說。我不曉得那位天使為何會稱呼我為魔王，但真要

說的話，那裡就是我的起點，換句話說，我的起點就是這孩子啊。」

真奧摸著阿拉斯・拉瑪斯的頭，但一心只想看外面的小女孩卻掙脫真奧的手，整個人趴在座艙的窗戶上。

「唉，總之我的理由大概就是這樣了。從協助那塊紫色水晶變成阿拉斯・拉瑪斯這點來看，我的確稱得上是這孩子的父親啊。」

「那麼，那位天使就是阿拉斯・拉瑪斯真正的……」

「理論上是那樣沒錯。但畢竟我從那個人手上拿到的還只是塊紫水晶。當時是否擁有自我就不得而知了。」

惠美在聽真奧說話的同時，便因為激昂的內心開始產生某種不祥的預感而冒出冷汗，開口問道：

「那位天使是誰？」

從艾美拉達身邊消失的萊拉、知道阿拉斯・拉瑪斯名字的白衣女子，以及將構成阿拉斯・拉瑪斯基礎的水晶交給年幼魔王的天使。從誕生自水晶的阿拉斯・拉瑪斯稱呼惠美為「媽媽」來看——

難不成。

惠美內心吹起了帶著期待、預感以及不安的狂風。

像是感受到惠美內心的情緒一般，真奧隔了一段時間才回答：

「是妳不認識的人。」

惠美內心的狂風，就這樣在未能完全發揮的狀態下消散了。

「……你該不會是在敷衍我吧。」

「我是沒那個打算啦，對方似乎並非能出現在聖典內的知名天使。喂，話說回來，阿拉斯．拉瑪斯是怎麼恢復原狀的啊。妳應該知道些什麼吧？」

雖然真奧很明顯是在搪塞自己，但就算詳細知道真奧的過去也沒什麼用，因此惠美便老實地回答對方的問題。

「是一位全身白衣的女子治好的。那位女子只不過將手放在阿拉斯．拉瑪斯身上而已。」

「……那是怎樣？是某種宗教嗎？」

看來真奧並未見到那位女子。惠美激動地說道：

「才不是啦！你在那個時間點回來，居然還沒看見？那個人的戒指像這樣發光之後，阿拉斯．拉瑪斯就突然像從夢中醒來似的恢復了！」

「我沒看見啦！那戒指長什麼樣子？」

「是很普通的戒指啦。不過上面似乎鑲了紫色的寶石……」

「……光這點就很明顯不普通了吧。」

偶爾會展現出少根筋一面的惠美，讓真奧開始頭痛了起來。

「還有其他的線索嗎？」

「在某個不會看場合的笨蛋大聲嚷嚷地回來之前，又沒過多久的時間。」

「喂！」

「那個女人還提到了加百列的天兵大隊跟一個似乎叫做『基礎』的碎片，好痛！」

真奧忍不住隔著帽子對惠美揮下了手刀。

「你、你幹什麼啦！我砍了你喔！」

面對惠美危險的反抗，真奧也無法保持沉默。

「妳以前真的當過教會騎士嗎？所以我才說最近的年輕人真的是！妳也稍微學習一點關於這世界的事情吧！」

突然發出大喊的真奧抱著頭蹲了下來。

「『基礎』……是『基礎』嗎？可惡，原來如此！那傢伙居然把那麼不得了的東西推給我！那麼剛才的那個也……！」

「什、什麼啦，你幹嘛突然這樣啊。」

「等回去之後，妳可是會完全被鈴乃給看扁喔。」

「啊？」

「既然是『基礎』，那麼妳……」

「爸爸，怎麼了？」

原本緊盯著外面風景看的阿拉斯．拉瑪斯，對真奧說出的「基礎」這個字眼產生了反應。

「咦？」

惠美因為不曉得這個反應的意思而感到納悶，真奧則是以看不出是確信抑或絕望的表情詢問阿拉斯．拉瑪斯。

「喂，阿拉斯．拉瑪斯。」

「什麼事，爸爸？」

「這是什麼？」

真奧指向紅色氣球。阿拉斯．拉瑪斯毫不猶豫地回答：

「『嚴峻』。」

「這個呢？」

真奧接著換指接近金色的深黃色氣球。

「『尊嚴』。」

「這個明亮的黃色呢？」

「『王國』。我們感情很好。」

「白色的這個是？」

「『王冠』。」

「這、這孩子到底在說什麼啊？」

惠美因為連續出現前所未聞的字眼而嚇了一跳。

「那麼，這個呢？」

真奧說完後便拿起了紫色的氣球。

「是我，『基礎』。」

「……這樣啊，好厲害，妳都會說呢。」

「好厲害？欸嘿嘿。」

真奧等人所搭的座艙即將接近終點。而惠美因為照射東京巨蛋球場的夕陽不自覺地瞇起了眼睛。

「雖然不曉得原理……但阿拉斯．拉瑪斯或許是個比惡魔或天使還要不得了的存在也不一定。」

「啊？」

「『嚴峻』、『尊嚴』、『王國』、『王冠』以及『基礎』。這些全部都是構成生命之樹的球體——『質點』的名稱。阿拉斯．拉瑪斯……或許是『基礎』質點（註：Yesod，生命之樹的第九質點）的化身也不一定。」

在真奧與蘆屋等人搭乘的座艙旋轉期間，坐在長椅上等待的千穗陷入了自我厭惡的情緒。

千穗落單後冷靜地檢視狀況，發現自己根本就沒立場批判愛看熱鬧的梨香。

雖然有在真奧遭遇不測時借蘆屋手機這個正當理由，但到頭來千穗發現自己終究只是嫉妒能跟真奧一起扮演夫妻的惠美罷了。

「真奧哥，明明就說過相信我了……」

由千穗做出背叛這份信賴的行為，實在是對不起真奧以及惠美。

認真考慮這些事情的千穗，總覺得開始變得非常羞恥。

「真奧哥……對不起。」

自己居然因為膚淺的不安與嫉妒而做了不該做的事。千穗站起身，沒等蘆屋跟梨香就直接走下樓梯。

千穗的身影才消失不久，真奧、惠美以及阿拉斯．拉瑪斯的座艙就下來了。

「呼，外面好熱啊。」

「唔呼～」

在座艙中冷卻的身體一接觸到熱空氣，真奧與阿拉斯．拉瑪斯便板起了臉孔。最後從座艙中走出來的惠美則是一語不發。

「辛苦各位了！照片已經準備好囉！」

三人因為在出口處被叫住而轉身一看，原來搭摩天輪時拍攝的照片已經沖洗完畢，正被夾在專用的卡片裡。

「喔喔！」

「……這表情還真糟糕。」

阿拉斯．拉瑪斯的眼睛因為照出自己身影的照片而感動得閃閃發光，惠美則是在看見自己愁眉苦臉的照片後板起了臉。

「跟這張用來寫紀念留言的卡片搭配起來，總共只要一千圓。而且還提供加洗服務喔。」

「咦，不是免費的啊？」

不自覺地喊出這句話的真奧，被惠美從後面敲了一下頭。

「唔唔……一千圓啊……」

「爸爸、爸爸，這個、這個！」

阿拉斯．拉瑪斯明顯想要那張照片。但考慮到相紙、墨水費以及卡片的原價後，一千圓這樣的價格也未免太像是遊樂設施會有的價格了吧。

「……一本就夠了，請給我一本吧。」

沒想到惠美意外地馬上做出決定，拿出一千圓買下了照片。然後便將照片交給了阿拉斯・拉瑪斯。

「哇！」

阿拉斯・拉瑪斯打開卡片，看著上面有擺出微妙笑容的真奧、板起臉孔的惠美以及自己的三人合照，發出歡呼。

「喂、喂，這樣沒關係嗎？」

「才一千圓而已，別那麼小氣啦，你真的很沒出息耶。那是她第一次拍的照片吧。」

「是、是這樣沒錯啦……」

「我先警告你！艾美跟艾伯來的時候，可別讓他們看見這張照片喔！這可是關係到我的立場呢！」

「蘆屋、鈴乃或小千就沒關係啊。」

「那邊事到如今已經無所謂了吧。不過，就只有對路西菲爾要保密喔。」

「這也太不講理了吧……」

因為惠美蠻橫的要求而苦笑的真奧，蹲下來對阿拉斯・拉瑪斯說道：

「來，阿拉斯・拉瑪斯，跟媽媽說謝謝。」

「謝謝媽媽！」

足以讓摩天輪搭乘處所有人都回過頭的音量，讓惠美紅著臉說道：

「身、身、身為媽媽，這是理所當然的啊！沒辦法，這都怪爸爸太沒出息了！」

雖然不曉得這是什麼藉口，但惠美應該是想盡力撇清自己跟真奧的關係，替阿拉斯．拉瑪斯做些什麼吧。

「喂、喂，該走了啦！」

追著低頭走下樓梯的惠美，真奧與阿拉斯．拉瑪斯也跟著踏出腳步。

就在這個時候。

「啊，惠美，等等，有電話。」

「咦……啊，我的也響了。阿拉斯．拉瑪斯，稍微等我們一下。」

真奧與惠美的電話同時收到來電。

那兩通分別是漆原跟鈴乃打來的電話。

「跟、跟丟了？」

蘆屋因為在摩天輪搭乘處找不到人而驚慌失措。明明只差了兩個座艙，所以抵達的時間應該相差無幾才對。

蘆屋衝下樓梯抵達購物樓層，在環顧四周之後依然不見真奧與惠美的身影。

「千、千穗也不曉得上哪兒去了？」

明明之前是待在有冷氣的座艙內，但梨香依然滿臉發燙。

「千穗該不會是去追他們了吧……怎、怎麼辦，蘆屋先生？」

這對梨香來說十分困擾。若無法馬上找到千穗或惠美等人，她就非得單獨跟蘆屋一起行動不可。

「……怎、怎麼辦啊……我也沒有能跟他們取得聯絡的手段……」

「咦？」

「我沒有手機啊。」

「咦，真的嗎？」

脫離密室之後，梨香總算恢復了平常的步調。

「按照預定，若有什麼萬一，我便會跟佐佐木小姐借手機……但既然事情變成這樣……」

儘管現在時間已經進入黃昏，但這裡的人潮還是不少，想從中找出真奧與惠美應該會非常困難吧。

「……沒辦法了。唉，雖然這樣有點亂來……」

梨香拿出自己的手機，撥打惠美的號碼。

「啊，喂，惠美嗎？」

梨香突然打電話給惠美的暴行，讓蘆屋差點大叫了起來，但由於梨香舉起食指用姿勢示意安靜，因此蘆屋只好無奈地閉上嘴巴。

「嗯，哎呀，沒什麼大不了的事啦～我只是想問妳跟真奧先生的約會順不順利……啊哈哈，抱歉抱歉，的確～妳是為了孩子嘛～現在打電話給妳沒關係吧？差不多也該吃個飯之類的……咦？」

梨香原本打算佯裝戲弄惠美，透過電話尋找對方的位置，但惠美的回答卻出乎她的意料。

「妳現在，在回去的路上？」

「咦？」

蘆屋也同樣感到震驚。梨香好不容易才制止對方發出驚訝的聲音——

「啊，這樣啊，小孩子體力的問題。嗯嗯，原來如此。唉，反正只要小孩子高興就好。妳現在要去車站啊，嗯，我知道了，突然打給妳真不好意思，小心點喔，嗯、嗯……好像是這樣呢。」

接著便掛斷電話，對蘆屋說道：

「回去了……唉……這樣啊。」

「那麼，繼續留在這裡也沒意義了呢。佐佐木小姐該不會也回去了吧。」

「這我就不太清楚了，不過對她還真不好意思……若下次有機會見到她，能幫我向她道個歉嗎？」

「小事一樁。那麼我也該走了。謝謝妳今天的幫忙。」

「啊，那、那個，等等！」

梨香不自覺地制止打算馬上跑去追真奧的蘆屋。

「是的？」

「啊，那個……」

雖然叫住了對方，但沒先想好該說什麼的梨香，只能暫時張著嘴巴說不出話來。

「呃，那個，對了！這、這個！」

梨香慌張地從包包裡拿出記事本。她幾乎是用扯地撕下了備忘錄，在上面快速寫了幾個字後交給蘆屋。

「這是……手機的電話嗎？」

「嗯……那是，我的……」

「鈴木小姐的？」

收下紙張並仔細端詳的蘆屋出聲詢問。

「那個，若發生了什麼事情可以聯絡我，或許我幫得上忙也不一定。」

雖然就連主動開口的梨香都不曉得怎麼樣才叫做有事情發生，但若不說些什麼，她實在是無法容忍現在的氣氛。

「原來如此……的確，或許之後還必須麻煩妳幫忙也不一定。」

「……咦？」

儘管梨香幾乎是在語無倫次的狀態下說出這些話，但蘆屋卻毫不懷疑地點頭回應：

「如同剛才所說的一般，由於我個人並沒有手機，若真奧發生了什麼事……」

話說到這兒，蘆屋突然像是想起了什麼似的搖了搖頭。雖然平常魔王城對外的通訊地址都是使用真奧的手機，但仔細想想還是不應該隨便將自己主人的電話透露給其他人。

「不……今天的事情讓我在各方面都感觸很深。就算多少會對家計帶來負擔，我果然還是應該有支手機比較好，關於購買的部分，能請妳給我一些建議嗎？」

梨香的臉一口氣紅了起來。

「鈴木小姐跟遊佐一樣是在與手機有關的職場工作吧。雖然我現在還不確定是否會買貴公司的手機，但方便的話，希望妳之後能指導我怎麼選機種。」

「好、好啊！嗯，你隨時都可以聯絡我！」

等注意到時，梨香已經幾乎整個人都探了過去，激動地點著頭。

「謝謝妳。那麼，近期之內我會再連絡妳。我想應該會是用公共電話。」

「嗯……」

「那麼，我先告辭了。」

蘆屋行了一禮，這次真的走向了後樂園站。

「騙人……這是怎樣，討厭啦……喂，這是怎麼回事？」

另一方面，梨香卻暫時呆站在原地，直到看不見蘆屋的背影為止。

「怎麼辦……怎麼辦……怎麼辦？」

最後她總算踩著不穩的腳步，搖搖晃晃地朝與蘆屋反方向的水道橋站前進。

魔王，理解失去重要之物的痛苦

在沒有半點星光的黑暗隙縫中，有一塊領先著藍紅陸地、看起來格外巨大的大地。

那塊充滿生命力的大地被十字形刻印貫穿其中，洋溢著耀眼的綠色光芒。

至於緊挨著生命大地的藍色大陸，則是一片寬廣無聲、甚至感覺不到空氣流動的荒野。

一棵與大地同色的巨木聳立在荒野之中。

平坦的荒原無邊無際，而屹立於其上的巨木雖然充滿了度過無數年月、以及即將繼續橫度漫長時光的生命力，但外表卻像棵枯木般缺乏霸氣。

那裡既沒有遮蓋天空的樹葉，也沒有點綴春季的花朵，更缺乏了讚揚豐穰的果實。只有樹木本體悄悄地佇立原地。

藍色大地上建有十座圍繞巨木的祠堂，每個祠堂的入口都刻有各自的「名字」。

第一座祠堂是「王冠」，再來是「智慧」，接著依序是「理解」、「慈悲」、「嚴峻」、「美麗」、「永遠」、「尊嚴」、「基礎」，以及最後的祠堂「王國」。

那是「某人」的名字。無論是文字的使用者還是閱讀者，現在皆已不知去向。

建築物本身並沒有像庵寺或神殿般的屋頂或梁柱，彷彿直接挖掘該處岩石而成的十顆圓球，讓人覺得這些是原本在大樹上的果實掉落地面後變化的姿態。

藍色巨大枯木聳立的荒野上，首次出現了會動的身影。

一道高大的人影緩緩地從用失傳的語言刻著「基礎」的球體中出現。

「太好了，幸好很快就找到了。」

從聲音聽起來，似乎是位男性。

與此同時，人影周圍出現四道光柱，並立刻浮現出人形。

「中央大陸的反應消失時，我本來以為得再找個幾百年呢，看來是不會跟丟了。從不幸的地方傳出『碎片』之間共鳴的反應。」

四道光影傳出動搖的氣氛。

「是最近沙利葉失蹤的地方喔。而且恐怕……」

高大的男性仰望雖然枯萎，但卻還活著的藍色巨木。

「偷走並打碎『基礎』質點的那個女人也在那裡。」

高大的男性將手伸向星空，接著空中便出現一個閃閃發光、通往異空間的洞穴。

「走吧。為了讓『生命之樹』恢復原有的形態。」

然後五道身影便消失在門的彼端。

「門」的光芒完全消失之後，藍色大地又再度恢復原本的寧靜。

五人剛才屹立於巨木所在的大地時，眼前正是刻在生命大地上的十字刻印——聖十字大陸

安特．伊蘇拉。儘管跟藍色大地一樣圍繞在生命大地周圍，但就只有這塊位於遠方的紅色大地絕對不會靠近此處。

※

在真奧與惠美走出東京巨蛋城的摩天輪稍早之前。

「喂，貝爾！妳在嗎？」

「嗯唔……怎、怎麼了，路西菲爾？」

鈴乃因為漆原難得走出壁櫥，並慌慌張張地跑來自己房間而嚇了一跳。

剛煮好烏龍麵、正打算享用遲來午餐的鈴乃，差點兒就被烏龍麵給嗆到。

漆原瞥了一眼大量的冷烏龍麵，而鈴乃也眼尖地注意到他的視線。

「沒有你的分喔。」

「我暫時不需要烏龍麵啦。我剛才叫了披薩……不對，現在不是說這個的時候啦！」

漆原說完蘆屋一聽見說不定會氣到變成惡魔的話後，便向鈴乃問道：

「妳有注意到剛才那個嗎？」

「剛才那個？」

鈴乃因為不曉得漆原所指為何而感到疑惑。

「果然沒發現啊。妳有辦法跟艾米莉亞取得聯絡嗎？我來負責聯絡真奧，最好叫他們兩人早點回來比較好。」

「怎麼了，發生什麼事了？」

難得見到漆原如此正經，鈴乃也跟著擺出認真的表情。

「好了啦，動作快點。雖然不曉得理由，但剛才東京某處開了一個非常大的『門』。接下來應該會發生什麼麻煩吧。」

說完後，漆原便回到魔王城啟動Skyphone。由於漆原認真的樣子怎麼看都不像是在演戲，於是鈴乃也老實地拿出電話打給惠美。

就在此時，五道人影出現在Villa・Rosa笹塚的中庭。

「喂喂喂，我可沒聽說有客人啊？」

真奧在露出游刃有餘笑容的同時，也毫不鬆懈地讓阿拉斯・拉瑪斯躲在自己背後。

「就時間點來說是哪一邊先啊？」

「抱歉，魔王……我們完全被對方給突襲了。」

「唉，我承認我的確太小看他們的速度了。」

鈴乃悔恨地低語，漆原則是毫不膽怯地、用跟平常一樣的語調說話。

「哎呀～你就別怪他們了～畢竟他們也是為了你好才會打電話啊～」

回到Villa・Rosa笹塚之後，前來迎接真奧、惠美以及阿拉斯・拉瑪斯者既不是漆原，也不是鈴乃。

「更何況我並不打算對你們動粗喔？基本上若能靠談話來解決是最好，可以的話，我也希望事情能穩便地進行。」

魔王城中充滿了異常的氣氛。

真要說哪裡異常，就是因為人口密度太高，導致室溫大幅提升。

畢竟合計起來，共有十人一起擠在三坪大的空間裡面。不，正確來說，這十人內只有鎌月鈴乃一個人是「人類」。

「你是加百列吧？」

「沒錯，就是我！不過你怎麼知道？我們有在哪裡見過面嗎？」

這位看起來既悠哉又興奮、讓人非常想打他的巨漢，似乎就是這群不速之客的首領。

男子留著一頭齊肩的藍髮，眼神也完全讓人感覺不到緊張感。但跟蘆屋差不多高眺的身材上隆起的肌肉，讓男子看起來就像是位摔角選手。穿上類似古代希臘人使用的長袍後，更是令人驚訝地不搭調。

除了被真奧稱為「加百列」的巨漢以外，魔王城內還有四位男子，其中一人正用一把設計過度裝飾的長劍抵著鈴乃的脖子，剩下三人則是雙手抱胸，盤坐在漆原周圍。

「我曾經聽說在大天使裡有一位光是跟他說話，頭就會開始痛起來的悠哉大個兒。」

「真過分，居然在我不在的地方說這種話，那個人到底是誰啊？」

「而且，你還是『基礎』質點的守護天使吧。」

「討厭啦，就算稱讚我也不會有什麼好處喔。」

「別鬧了，這樣很累耶。別再做這種多餘的問答，有什麼事就快點簡單說清楚吧。」

「我希望你能交出躲在你後面的孩子，可以的話，還有艾米莉亞的聖劍。再來就是，路西菲爾叫的必勝屋披薩被我們大家吃掉了，不好意思啊。」

「都這種時候了，你還在搞什麼鬼啊！」

這下就連真奧也氣得大吼了，漆原嚇得縮起身。

「啊，因為是我們吃的，所以有好好付錢喔？」

「我擔心的才不是這個！呃，雖然這個也很令人擔心！」

在不想惹蘆屋生氣方面來說。

「啊，稍等一下！若你不把那孩子還來，披薩錢可是會沒命喔！」

「天底下哪有父母會因為心疼披薩錢，就把小孩子交給綁架犯啊！」

真奧大喊。

「你們來的也未免太晚了吧。你以為這孩子來我們這兒已經幾天啦。」

「哎呀，雖然對你們來說可能只是幾天的程度，但我們這邊可是找了好幾百年呢，幾天的誤差就請你們多多包涵吧。前不久感應到『基礎』碎片時，我還以為是在作夢呢。那孩子的碎片被人帶出安特．伊蘇拉的魔王城時，我真的很絕望～～差點以為又要找好幾百年了呢～～」

名叫加百列的男性說到這裡——

「啊！你、你剛才叫我別做些多餘的問答對吧！總、總而言之！你到底是要把那孩子還來，還是不還呢！」

雖然跟前例一樣一點都看不出來，但從對方想要惠美的聖劍來看，這位男子的確是天界派來打探消息的人，也就是天使沒錯。

對方並未否定自己是加百列。那麼他的確是符合阿拉斯．拉瑪斯原本監護人的人物沒錯。

「…………」

但阿拉斯．拉瑪斯卻露骨地用警戒的眼神瞪著加百列。無論怎麼看都讓人不覺得她對那位男子抱持著友善的感情。

「喂，阿拉斯．拉瑪斯。妳認識那位大叔嗎？他好像要帶妳離開這裡耶。」

「不要！我最討厭他了！」

「呃啊————————！」

阿拉斯・拉瑪斯毫不猶豫地回答，讓加百列刻意似的表現出遭到打擊的樣子。

「別叫我大叔啦。我會受傷耶。」

重點是這個啊。感覺鈴乃、漆原以及周圍的男子都毫不保留地露出驚訝的眼神。

「『王國』、『王冠』、『理解』跟『智慧』，大家都被帶走了！我最討厭他了！」

「啊啊，真是的，別說多餘的事啦～～」

阿拉斯・拉瑪斯接著說下去的話，讓加百列懊惱不已。

「……雖然我不是很清楚，但既然阿拉斯・拉瑪斯不喜歡這樣，那麼就算你是她的親生父母，我也不會把她交給你。」

「咦……那聖劍呢……」

「我拒絕。就算神明親自來向我下跪，在達成我的目的前，我都不打算把聖劍交出去。」

「……唔～～真麻煩～～這魔王跟勇者是怎麼回事。有夠麻煩的～～雖然我不想動粗，但就我的立場來說，只要一找到這孩子就必須立刻將她帶回去呢～～」

「那種事情誰理你啊。」

「關於聖劍，既然沙利葉都沒行動了，那麼今天只要確認所在位置就夠了，但那孩子可就

不行這樣了。拜託你們，把她還給我吧。」

「我拒絕。」

「她原本可是我們這邊的孩子耶？」

「現在她的爸爸是我。」

「無論如何都不行？」

「無論如何都不行。」

「這麼一來，或許會與整個天界為敵喔？」

「我可沒珍惜自己的生命到寧願害小孩子哭的程度。」

「……真麻煩啊。我真的不希望這麼做喔？」

加百列有些氣餒地低聲說道，接著——

「！！！」

便開始像噴射機般，從全身放出光壓力就足以將在場所有人震飛到牆壁上的聖法氣。

由於這一切都發生在一瞬之間，真奧不禁踉蹌了一下。

「我真的不喜歡動武呢，你隨時都可以投降喔。」

等發現時，態度完全沒有改變的加百列已經站在真奧的面前。

「唔喔！」

真奧用眼角看見加百列在榻榻米上面踩出的洞。

「就算你取回魔王的力量，應該還是我會贏喔？算我拜託你，把那孩子還給我好嗎？」

加百列散發出沉靜，但卻足以壓倒眼前一切事物的威嚴與神性。

「……你來真的啊，可惡！」

真奧嚥了一下口水。過去無論面對什麼樣的對手，他都不曾感受到如此的壓力。

這並非是因為自己變弱了。

而是因為真奧初次面對生命之樹的守護天使——這種遠遠超過以往那些天使的對手。

但真奧只是驚訝而已，並不感到膽怯。

「不過，我不要。我可是最喜歡惹人類或天使討厭的惡魔之王呢。等我征服世界之後，我就要好好栽培這孩子成為我的繼承人。」

「因為你失去了魔力，所以我會手下留情啦……還有，我接受投降喔。」

這是代表所有交涉決裂的信號。

無論是多麼禮讓的條件，無庸置疑地，真奧都不可能會有勝算。

加百列就算只是隨手一揮碰到真奧，都可能讓他因此粉身碎骨。

但一樣東西卻擋下了大天使帶有神聖光芒的一擊。

「真奧哥！」

那是一道單純的呼喊聲。既非魔法，亦非刀劍，就只是純粹的聲音而已。

但那道聲音卻阻止了大天使的攻擊。

在場所有人皆轉頭朝向聲音的來源。

「…………真奧……哥。」

來者是千穗。

滿身大汗、氣喘吁吁的千穗走上樓梯，正看向這裡。

「千穗?不行!快逃啊!」

看見千穗突然闖入這裡，惠美連忙做出警告，但千穗卻搖了搖頭說道：

「……我果然，還是想為今天的事好好道歉……」

「今天的事?」

「結果……卻變成這樣……雖然我知道自己幫不上忙，可是我，還是忍不住……」

基本上真奧就連自己被千穗、蘆屋以及梨香跟蹤都不曉得。

千穗雖然先其他人一步回到了笹塚，並因為無法承受背叛真奧信賴所產生的後悔，所以先回家了一趟，但還是又坐立不安地跑了回來。

「……看來，妳應該是這個國家的人類吧。不過，這件事情跟妳無關。就算報警也是沒用的，雖然或許難以置信，但這位真奧貞夫跟我……」

「我知道！」

千穗打斷加百列，大聲喊道。

「雖然我是日本人。不過，我知道。關於真奧哥……魔王撒旦、勇者艾米莉亞，以及安特．伊蘇拉的事。還有……你應該是來接阿拉斯．拉瑪斯妹妹回去的天使吧。」

加百列聽了之後便訝異地搖了搖頭。

「喔，雖然我很驚訝不同世界的人居然能如此自然地建立交情，但虧妳知道我是天使呢？我看起來有那麼神聖莊嚴嗎？」

千穗對連這種時候都還能悠哉說笑的加百列感到疑惑——

「……因為基本上，至今對真奧哥跟遊佐小姐做出過分事情的人，全部都是天使。」

但還是非常老實地回答了。

真奧、惠美以及鈴乃皆啞口無言，加百列跟一旁的手下則是一口氣板起臉孔，只有漆原一個人開心地笑了出來。

「雖然我對路西菲爾是無話可說，但沙利葉到底幹了什麼好事啊？」

因為千穗的回答實在太老實了，因此知道這並非謊言的加百列感到十分困擾。

「畢竟我跟沙利葉做出的事情，毫無疑問地都跟這國家對『天使』的印象相差甚遠啊。」

「我說啊，形象可是很重要的，拜託你們別做出降低評價的行為啦。」

「你的形象也已經夠差了，還是乾脆放棄如何？而且這些傢伙怎麼看都像是流氓的小嘍囉啊。」

漆原輕輕瞪了一眼包圍自己跟鈴乃的四個人，加百列的手下們不知為何，像是在害怕漆原似的退後了一下。

漆原見狀便再度露出滿意的微笑，加百列則是厭煩地嘆了口氣。

「唉，總而言之，不好意思，我們現在正在忙。雖然我是打算優先透過對話來解決事情，但妳若不想因為意外而受傷，還是早點離開這裡會比較好喔。」

「不錯嘛，聽起來就像是負責映襯主角的小嘍囉會說的話呢，我不討厭這種臺詞喔。」

但如今已經無人理會漆原的戲言，因為——

「拜託你，請不要把阿拉斯．拉瑪斯妹妹帶走。」

千穗對加百列深深地低下頭。

千穗知道這一天遲早會到來。

即便如此，就算明白這只是自我滿足，就算不曉得對阿拉斯．拉瑪斯來說怎麼樣才叫做真正的幸福，至今所經歷過的一切，還是讓千穗展開了行動。

「阿拉斯．拉瑪斯妹妹，真的很喜歡真奧哥跟遊佐小姐。所以，拜託你。」

一顆顆的眼淚滴落千穗腳邊。

「小千……」

「千穗……」

「喂、喂，別這樣啦！把頭抬起來！」

令人意外的是，一位普通的人類，而且還只是一介無力高中女生的千穗的行動，居然讓加百列大大地動搖了起來。

「喂，饒了我吧！這樣好像只有我一個人是壞人似的！就像以前電視劇裡面那種，一邊說著『囉唆，這也是工作』，一邊無視可愛女孩子的眼淚，強逼對方還債的討債人一樣。」

「這傢伙在說什麼啊？」

沒看過電視劇的真奧疑惑地問道。

「拜託你……拜託你……」

「啊～別哭了啦！饒了我吧！與其這樣，我寧可被人拿著凶器攻擊呢！喂，妳等一下！」

加百列已經完全無視真奧與惠美，忙著安撫千穗。

「拜託你……拜託你……」

但千穗卻不肯抬起頭。只是不斷地反覆懇求加百列。

「啊啊啊啊啊，真是的！」

慌張地不曉得該如何是好的加百列，最後憤然地說道：

「我只等到明天喔！」

「加百列大人？」

「您在說什麼啊？」

包圍漆原與鈴乃的男子們，一臉不可置信地看向加百列。

但加百列卻無視他們，一臉尷尬地俯視淚眼看著自己的千穗。

「唔～醜話先說在前頭，我們這邊也是有自己的問題在啊！所以明天一早，我們絕對會來帶她走喔？在那之前看是要拍紀念照還是什麼的都隨便你們！不過可別認為自己逃得掉喔！」

「真、真的嗎？」

千穗的表情瞬間變得開朗了起來。

「……唔！」

無法直視那副表情的加百列移開了視線。

「就、就明天喔！我不會再給你們更多時間了！還、還有，魔王！若你敢亂來並收集魔力抵抗我們，我可不會善罷干休喔！」

「謝、謝謝你！」

加百列本來打算出言警告，但結果卻被千穗帶著純粹善意的謝辭給壓倒了。

「我、我們會再來的！」

原本充滿壓迫感的聖法氣在不知不覺中消散，加百列一邊準備回去——

「……這句臺詞根本就是小混混在用的嘛！」

一邊對自己吐槽，然後刻意裝出生氣的模樣，帶著部下走出房間。

彷彿母鴨帶小鴨一般，部下們跟在加百列後面並依序碰撞真奧的肩膀，完全就是一副流氓底下小嘍囉的德性。

「喂、喂、唔、喂，你們啊！」

實力不如人的真奧只能發出抗議的聲音，憤恨地瞪著那些人的背影。就在前頭的加百列走到樓梯時——

「哇！」

「加百列大人！」

「加百列大人！」

便傳來了一道激烈的聲響，以及彷彿某個重物掉落的聲音！

看來加百列似乎在樓梯跌倒了。不僅如此——

「啊！」

「哇！」

「哇！」

「唔喔！」

伴隨著四位男性短促的慘叫聲，又繼續傳來四個既沉重、又逐漸往下滑落的聲音。

「像這種事還是饒了我吧！」

雖然聽得見加百列在外面大喊以及跟部下們爭吵的聲音，但這些聲響也逐漸遠去。

像是為了代替這些人似的——

「我回來了……唉，好熱啊……」

悠閒到不行的蘆屋擦著汗走上樓梯。一無所知的他光是確認真奧與阿拉斯·拉瑪斯平安無事地回到家，便露出滿面的微笑。

「我剛才好像跟一些人擦身而過，是ＭＨＫ的收費人員又來了嗎？」

「……該怎麼說，你還真是悠哉呢……話說回來，這麼重要的時候，你到底上哪兒去啦，笨蛋。」

「啊？咦？啊？」

這下蘆屋總算發現儘管外面天氣炎熱，現場卻充滿了冰冷陰暗的氣氛。

「……那麼，先不管搞不清楚狀況的蘆屋。」

在騷動結束後，漆原打破凍結的氣氛說道：

「接下來該怎麼辦？」

※

太陽已經下山，夜幕壟罩了魔王城。

「嗚～」

在冠上惡魔之王名稱的城內，企圖征服世界、讓安特．伊蘇拉陷入恐懼的魔王撒旦，以及為了粉碎其野心挺身而出的勇者艾米莉亞，正於惡魔之王的房間展開對峙。

「嗟啊～」

整個魔王城都充滿著緊張與殺氣，一觸即發的氣氛，蘊含著戰鬥的預感。

「喵啊～～」

即便只是一道微風、一滴雨水或路邊的小石子這些微小的因素，都足以擾亂這股緊張的氣氛。

「媽媽，媽媽。」

就在兩股勢均力敵的魄力跟殺氣即將達到最高潮時——

「哇噗！」

一道闖入魔王與勇者間的人影絆了一下，且頭部即將撞上魔王房間中央的桌角。

「「！」」

魔王與勇者同時產生反應並伸出手。

雖然千鈞一髮地成功救出跌倒者，但由於兩人是同時出手，魔王的手也因此碰觸到勇者。

「別、別碰我啦！」

「好痛！指、指甲……」

勇者發出充滿動搖的聲音甩掉魔王的手，在魔王手上留下一條紅色的痕跡。傷口並未出血，只是皮膚稍微變紅了而已。

「妳從剛才開始就在搞什麼鬼啊！」

「你才是，明明從頭到尾都在靠別人，能不能請你別出手啊？」

「妳、妳還不是跟我差不多！」

「不行啦，不要吵架，不行啦！」

一道比魔王和勇者還要嬌小的人影，介入了兩位宿敵的爭吵。

「啊，那個，阿拉斯·拉瑪斯，我們不是在吵架喔。」

「對、對啊，所以別哭了好不好？」

「……真的嗎？」

彷彿在確認大人們既可疑又生硬的語氣，阿拉斯·拉瑪斯露出明顯十分擔心的表情仰望著兩人。

「真、真的真的！」

「真的啦！」

「嘿嘿。」

魔王與勇者接連像呼吸般自然地說著謊，相信兩人的小女孩放心地露出滿面笑容，抓著自己的「媽媽」——惠美。

「媽媽，妳會一直待在這裡嗎？」

「呃，那個……」

「……！……！」

真奧從小女孩看不見的地方不斷地打暗號。惠美則是厭煩地無視。

「阿拉斯．拉瑪斯呢？妳希望我……希望媽媽留在這裡嗎？」

「嗯，我想一直，跟媽媽在一起。」

「啊……」

惠美雖然打從心底感到困擾，但還是想盡辦法不讓對方發現，用笑容掩飾自己的困惑。

「爸爸也一起！」

「喔……」

真奧完全無法抵抗小女孩接下來說出的這句話。

令人尷尬的沉默再度降臨。

阿拉斯・拉瑪斯無視現場的氣氛，開始爬到惠美背上。

幸好由於千穗的介入，真奧與惠美才能免於為了搶回阿拉斯・拉瑪斯而負傷——這個最壞的發展。

但到頭來，也只是將麻煩延到後面而已。

無論阿拉斯・拉瑪斯本人多麼不願意，真奧以及精通神學的鈴乃都不得不承認「基礎」質點是屬於天界的東西。

而現在與阿拉斯・拉瑪斯有關的所有人，都不具備對抗加百列的手段。

若不將沙利葉的特殊能力列入考量，那麼惠美跟鈴乃勉強還稱得上是戰力。

但事實上，這兩人都沒有積極與天使戰鬥的理由。

加百列離開後，理所當然地是由千穗對「生命之樹」這個不熟悉的字眼提出了疑問。

「生命之樹，就是存在於天界的『使世界萬物得以為世界之樹』，吃下生命之樹果實者，甚至能獲得永恆的生命跟無限的知識。神最早創造出來的人類，就是因為打破禁忌吃了果實，才會被放逐出樂園。」

「地球也有那樣的故事呢。聖經裡的亞當跟夏娃，好像就是類似的故事……」

鈴乃聽了千穗的話後，便點點頭繼續說道：

「那棵樹上有十顆被稱為『質點』的果實，它們似乎各自對應了世界與生命各式各樣的要素。像是行星、顏色、金屬或寶石等等，例如……第一質點『王冠』是掌管靈魂、思考以及想像，對應的數字是『1』，寶石是鑽石，顏色是白色，行星是冥王星，守護天使則是梅丹佐。第四質點『慈悲』掌管神的慈愛，數字是『4』，金屬是錫，顏色是藍色，行星是天雷王之星，守護天使是薩基爾。十個質點皆為如此，各自擁有對應世界要素的性質，阿拉斯·拉瑪斯之所以會被色彩鮮豔的東西吸引，應該是將那些物品跟質點的顏色重疊了吧。順帶一提，第九質點『基礎』掌管被稱為阿斯特拉爾的靈魂世界與自我，數字是『9』，金屬是銀，顏色是紫，行星是天蒼星，至於守護天使則是加百列。」

鈴乃的解說讓眾人暫時茫然了一會兒。

「……妳把這些全都記下來啦？」

真奧問道。

「這些是神學的基本。」

「我聽不懂耶。請妳縮減到三行左右吧。」

「原本是大天使的你在說什麼啊！」

鈴乃吐槽漆原缺乏幹勁的回答。

「算了算了……畢竟是漆原先生啊。」

鈴乃雖然無法因為千穗的話感到釋懷，但不知為何卻接受了。

「為什麼這孩子一開始是自稱『阿拉斯．拉瑪斯』，而不是『基礎』呢？」

惠美提出疑問。

「可能因為這孩子是碎片，或是有其他理由也不一定，至少加百列應該並非替她命名的親人吧。因為加百列從頭到尾都沒稱她為『阿拉斯．拉瑪斯』。總而言之，在相信這些傳說的前提之下，若阿拉斯．拉瑪斯真的是生命之樹的質點，亦即『基礎』碎片……的一部分，那麼加百列講的那些話就說得通了。重點就是『基礎』質點所掌管的世界要素正面臨了危險吧。換句話說，就是發生了『世界危機』。為了維持世界平衡，身為守護天使的加百列才會需要阿拉斯．拉瑪斯。」

「怎麼會……那麼，阿拉斯．拉瑪斯妹妹果然非回去不可嗎……」

千穗悲傷地說道。

「這就不一定了。」

負責解說的鈴乃乾脆地否定，讓千穗嚇了一跳。

「實際上關於生命之樹與質點是構成世界要素的根本，以及由守護天使們負責管理的設定，都只是聖典與神話的記載罷了。既沒有人實際看過這些東西，也沒有人實際做過驗證。」

「驗證……」

「例如第十質點的『王國』……」

鈴乃說到這裡時——

「『王國』！」

阿拉斯．拉瑪斯就對這個字眼產生了反應。

「……話說回來，阿拉斯．拉瑪斯在摩天輪裡好像提過『她跟「王國」感情很好』，難道『王國』與其他質點也擁有像阿拉斯．拉瑪斯那樣的人格嗎？」

鈴乃困惑地搖頭回應真奧的疑問。

「我從來沒聽過有這種事……不過，既然連我都沒聽說過，那麼，這或許跟我接下來打算說的事有關也不一定。」

「喔喔，抱歉打斷妳了，妳繼續說吧。」

鈴乃在真奧的催促下點頭。

「『王國』位於生命之樹下方的位置，掌管物質世界，數字是『10』，寶石是水晶，顏色則包括了淡黃色與橄欖色等複數色彩，行星是生命的大地，換句話說就是象徵著安特．伊蘇拉。若採信傳說，假設這個『王國』因為某個理由消滅了，那麼水晶、黃色以及安特．伊蘇拉的存在就會產生危險。」

鈴乃停頓了一下，環視眾人。

「但請各位冷靜思考一下。你們能想像某個世界的樹木果實消滅後，全世界的水晶就跟著連帶一起消滅的畫面嗎？到底是產生了什麼樣的物理現象，才能讓一顆樹木果實為大陸與海洋帶來危險呢。聖典內『最初的人類』所吃的禁忌之果是否跟質點有關，因為有各式各樣的解釋而尚無定論。就像魔王剛才提到的一樣，或許質點擁有稱得上是固定人格的東西也不一定。換句話說，生命之樹支撐世界的故事終究只是傳說而已，並沒有任何的證據。畢竟跟天界互通聲息的人雖然不少，但卻從未有人去過天界呢。所以我並不覺得少了阿拉斯．拉瑪斯，就會讓世界面臨危險。」

「妳在這方面還真冷酷呢。」

「……不過無論如何，天界跟天使都是確實存在的，對方打算取回『基礎』的碎片，而現在的我們並沒有與其抗衡的手段。真是太沒道理了。」

在場所有人都將視線集中到真奧腿上的阿拉斯．拉瑪斯身上。

「……真是的，煩死人了。」

真奧挖著耳朵承受眾人的視線。

「喂，阿拉斯．拉瑪斯。」

「什麼事，爸爸？」

「剛才那位大叔好像想帶妳回去呢，妳想跟他走嗎？」

「不要！」

阿拉斯．拉瑪斯激烈地抗拒，明白地表示拒絕。

「這樣啊。」

盤坐的真奧用力拍了一下膝蓋。

「好，商量結束。若那些傢伙明天敢惹阿拉斯．拉瑪斯不高興，就跟他們抗戰到底吧。」

「喂、喂，等一下啦！」

惠美理所當然地反駁。

「你真的了解狀況嗎？貝爾跟我都不能公開與加百列為敵，艾謝爾跟路西菲爾的力量也還沒恢復吧？」

「我知道。所以若有個萬一，就讓我一個人來解決吧。」

「一個人，你是笨蛋嗎？光靠現在的你又能怎麼樣？」

「喂，妳很煩耶。就算我一個人上然後被打得落花流水，妳也沒什麼損失吧？」

「……唔，咦……那、那個……」

「我只是基於個人的任性，不想將阿拉斯．拉瑪斯還給他們而已。因為阿拉斯．拉瑪斯不喜歡這樣啊。對你們人類來說，就算我輸了，也只是順利完成討伐魔王，讓『基礎』碎片回到該回去的天界而已。這有什麼好抱怨的？」

「不過……不過！」

「魔王！你覺得這樣就好了嗎？」

「真奧哥！」

不只惠美無法接受，就連鈴乃跟千穗也忍不住出言抗辯。被三人同時逼迫的真奧頓時慌了手腳。

「喂、喂，蘆屋，漆原，快點來幫忙啊。」

「……可、可是，魔王大人，那樣實在是太……」

「……我啊……唉，隨便怎樣都好啦，我最近開始覺得待在壁櫥裡面也不錯呢，真是有點失常了。」

「怎、怎麼連你們也這樣啊。」

「都說到這個地步了，你還不懂嗎？」

鈴乃激動地對真奧大喊。

阿拉斯．拉瑪斯因為鈴乃的氣勢而從真奧膝蓋上滾了下來。

「小鈴姊姊，不行、不行、不行欺負爸爸！」

看見爸爸有難，小女孩努力伸展小小的身體阻擋在鈴乃面前。鈴乃冷靜地將阿拉斯・拉瑪斯移到旁邊，重新揪起真奧的衣襟。

「這跟你是不是魔王無關！重點是，我們所有人……包括路西菲爾在內，都不能容忍阿拉斯・拉瑪斯被帶到她討厭的地方！與其讓阿拉斯・拉瑪斯去她討厭的地方，不如讓她待在你這裡要好多了！」

「……對一個聖職者來說，講這種話不太好吧……」

「我雖然是聖職者，但同時也是個政治家！基本上找了好幾百年都沒找到的東西，現在才突然擺出管理者的架子來要人，未免太沒分寸了吧！生命之樹這種東西，全都是在騙人的！」

鈴乃的話毫無道理可言，是聖職者不應有的判斷。

「……簡單的說就是那樣吧，你們……」

「怎樣！」

「什麼啦！」

「……怎麼了嗎？」

「這個嘛。」

「怎樣啦……」

真奧有些困擾似的露齒而笑。

「都喜歡上阿拉斯・拉瑪斯了吧？」

「……唔。」

鈴乃頓時倒抽了一口氣。

「……謝啦。」

照理說，這不該是魔王會說的話。但這同時也是他已經反覆說過好幾次的話。

「不過，反抗神聖勢力是魔王的招牌本領。這負擔對你們來說太重了。我只是出於自己的任性，才想奪取似乎是神所有物的孩子罷了。所以，就算明天跟加百列起了爭執，你們也不用出手沒關係。」

啞口無言的鈴乃放下了原本揪住真奧衣襟的手。

「……唉，若能順利進行當然是最好，但感覺還是只能孤注一擲了。」

「喂！」

「等一下！」

「真奧哥！」

「魔王大人！」

「……結果是這樣啊。」

「你們很囉唆耶！」

被周圍責備自己軟弱發言的真奧揮揮手說道：

「這又不是少年漫畫，他們並非那種只要鼓起幹勁就能應付得了的對手啊。做好最壞的打算，進行風險管理，這樣才稱得上是大人吧！喂，惠美！」

「什麼啦！」

「妳今天就住下來吧！」

所有人的腦海中頓時閃過「風險管理是什麼啊」的疑問。

「……咦咦咦咦咦咦咦？」

「這到底哪裡是風險管理啊！」

斜擺雙腳、讓阿拉斯．拉瑪斯坐在自己腿上的惠美瞪向真奧，阿拉斯．拉瑪斯則是因為能讓媽媽抱而高興地擺動著腳。

「喔，萬一跟加百列打了起來，我就要把妳捲進來並慢慢地讓妳去戰鬥，這就是深謀遠慮的本大爺所想出來的完美計畫。」

「……你這麼說應該不是認真的吧？」

「有七成是認真的。我之前應該也說過，偶爾由妳來解決麻煩應該也不會遭天譴吧。」

「若幫魔王解決麻煩，才真的會遭天譴吧。」

「天譴？」

或許是出於偶然，在阿拉斯．拉瑪斯拍著手覆誦之後，氣氛便頓時緩和了下來。

「唉，雖然有七成是認真的，但剩下三成我也是很認真地在思考呢。我不會要妳當我的同伴，只是若萬一事情進展到必須戰鬥，就拜託妳幫忙別讓阿拉斯．拉瑪斯受傷啦。」

「呃……那個，如果只是這點小事……不過，剩下的三成是什麼啊？若不曉得這點，或許連原本有辦法守護的東西都守護不了也不一定。實際上你到底在打什麼算盤啊？真的只是想替這孩子製造回憶嗎？」

按照真奧的說法，雖然自己並不打算認輸，但也並非因此就有勝算，為了讓阿拉斯．拉瑪斯被帶走後也能在那邊堅強地活下去，真奧似乎打算盡可能想辦法替她製造快樂的回憶。

而其結果就是讓一家三口融洽地一起睡覺。

儘管阿拉斯．拉瑪斯至今都很溫順，但偶爾還是會為了找媽媽而鬧彆扭。為了保險起見，會希望至少能讓她跟媽媽睡一晚也是人之常情。

千穗全面贊成這個提議，而鈴乃雖然一臉不悅，但還是答應了。頑強抵抗的蘆屋，最後則是在駐守鈴乃房間以防萬一的條件下同意了。至於漆原只要有電腦，在哪裡都睡得下去。

由於每個人都沒有安全的保障，因此千穗便提早回家了，在這些條件之下，惠美只好無奈地答應留宿魔王城。

蘆屋送千穗回家後，便跟漆原一起到鈴乃房間叨擾。原本的敵我雙方混在一起，讓房間分配起來變得非常奇怪。

面對惠美的質問，真奧用若無其事的表情理所當然般的回應：

「只是為了自己親愛的孩子賭上性命罷了。唉，沒什麼好擔心的。就算有什麼萬一，應該也不會給妳添麻煩。」

「……你的自信到底是從哪兒來的啊。」

「我沒有什麼根據。但不可思議的是，只要是為了阿拉斯．拉瑪斯，就覺得自己什麼都做得到。」

「明明是個魔王，居然還有立場說是為了別人？你明明說這次就算鼓起幹勁也沒用。」

「所以我現在，一定是遭到報應了吧。不過，至今因為我跟魔王軍的侵略而去世的那些人們，肯定都會為了保護自己的小孩而堅持到最後一刻吧。那麼身為魔王的我，怎麼可能會無法為了守護孩子而賭上性命呢。」

真奧平靜地回答，讓出言諷刺的惠美反而顯得狼狽。

「……什、什麼啦……明明是個魔王，別講得好像自己已經有所覺悟似的。」

惠美因為覺得似乎自己講了傷害對方的話，只好移開視線嘀咕道。

真奧的話，讓惠美想起在故鄉的村子跟自己分開了的父親。

如真奧所言，這是報應。是奪取了許多人命、害自己跟父親分開的惡魔之王所應該承受的報應。

但不知為何，惠美卻無法覺得痛快。

那個魔王正因為面臨了跟自己一樣的遭遇而感到痛苦。儘管如此，為什麼心裡會覺得這麼苦悶呢。

「媽媽？」

阿拉斯．拉瑪斯擔心地看著這樣的惠美。

真奧看著兩人的身影，稍微揚起了嘴角。

「好了！差不多該睡了吧！」

「咦、咦咦咦？」

真奧抬頭看了一眼時鐘，像是為了轉換複雜的氣氛般開朗地說道。

「再、再怎麼說，現在都還太早了吧？還不到十點耶？」

「就算我們這兩個大人無所謂，這時間阿拉斯．拉瑪斯還是該睡了。就算熬夜不睡，明天加百列來的時間也不會變啊。」

「可、可是……可是……」

「媽媽，一起睡吧！大家一起睡！」

「唔唔唔唔唔……」

魔王城內沒有棉被。由於只有幾條毛巾被，所以即便是三個人一起睡，也只是排成川字形打地舖罷了，絕對稱不上是同床共枕。

但對惠美來說，這次並非像上次那樣無奈地借宿，必須隔著阿拉斯．拉瑪斯睡在真奧旁邊，還是讓她感到抵抗。

這點對真奧來說也是一樣。一想到阿拉斯．拉瑪斯睡著後自己說不定會被人攻擊，根本就無法安心地背對對方。

但能跟爸爸、媽媽一起睡的阿拉斯．拉瑪斯看起來卻非常高興，明明接下來就要睡了，卻還奮發地從壁櫥內拉出毛巾被，將東西弄得亂七八糟。

「啊，喂喂喂，這樣又會跌倒喔。」

「過來吧，阿拉斯．拉瑪斯。那邊那個沒用爸爸會處理啦。」

惠美看著真奧慢條斯理地整理床鋪——

「……要記得開小夜燈喔。」

同時謹慎地開口確認。

「那當然。如果一片漆黑，阿拉斯．拉瑪斯會怕吧。」

雖然惠美並非因此才這麼說，不過原來如此，黑暗的房間對小孩子來說果然很可怕呢。

「啊，對了……阿拉斯．拉瑪斯沒有睡衣嗎？」

「睡衣？啊……的確，仔細想想，她就只有那件衣服呢。」

真奧拿出三條毛巾被，看向阿拉斯．拉瑪斯的黃色連身裙後拍了一下手。

「喂……你有好好幫她洗衣服吧？你有讓她洗澡嗎？」

來到這裡已經有幾天的阿拉斯．拉瑪斯，在這個炎熱的天氣中居然只有一件衣物，直到現在才揭曉的這件事實讓惠美難掩震驚。

「別太小看人了，我有好好帶她去澡堂，也有幫她洗衣服啦。因為是夏天，所以很快就乾了，這段期間內她會穿著尿布在房間裡到處跑喔。」

「……難以置信。」

真奧無視惠美驚訝的表情，看向掛在牆上、阿拉斯．拉瑪斯的草帽。

「結果只幫她買了帽子呢。不曉得笹塚的UNI×LO有沒有賣童裝呢。」

「優尼庫？」

「拜託你別什麼都用UNI×LO解決啦。人家可是女孩子耶，你不覺得應該幫她買點更可愛的衣服嗎？」

「就算你這麼說，我也不曉得哪裡有賣那些東西啊。」

「所以我才說男人真的是……」

「唉，總之。」

真奧若無其事地站起身，伸手去拉電燈的開關。

「為了迎接那樣的未來，得努力一點才行了。」

「……咦，啊，嗯。」

惠美因為真奧出其不意的發言而自然地點頭，而將困難對話全當成耳邊風的阿拉斯·拉瑪斯——

「媽媽，媽媽，這裡！」

則是用力拍著自己旁邊的榻榻米。

「好、好啦。」

惠美提防著真奧，並不太舒服似的徐徐躺了下來。

看見惠美完全躺下來之後，真奧唆使阿拉斯·拉瑪斯：

「喂，為了別讓媽媽跑掉，要好好抱緊她喔。」

「嗯，抱抱。」

「哇……」

雖然感到有些疑惑，但惠美還是緩緩地抱住開心地朝自己靠過來的阿拉斯．拉瑪斯。

「咦？阿拉斯．拉瑪斯……妳手上那是什麼？」

抱著阿拉斯．拉瑪斯的惠美，在小女孩跟自己之間感覺到某個既薄又堅硬的物體。

「照片！」

那是在摩天輪買回來、附有卡片的照片。

「看來妳很喜歡這個呢……不過睡覺時拿著這些東西，可是會弄得縐縐的喔。放到枕頭旁邊去吧。」

「喔。」

惠美輕輕地拿起照片放到枕頭旁邊，阿拉斯．拉瑪斯有些遺憾似的跟著望了過去。真奧見狀，便微微笑了一下。

「要關燈囉。」

在做出預告後，真奧依照宣言關掉電燈，只留一盞小夜燈。

「嘿咻。」

眼睛還不習慣室內變暗的惠美，因為聽見真奧出乎意料接近的聲音，而嚇得渾身都起了雞皮疙瘩。

「太、太近了啦！」

「我也不想靠近妳啊。不過阿拉斯．拉瑪斯抓著我這邊，所以我也沒辦法啊。」

仔細一看，在黑暗中似乎已經睡著了的阿拉斯．拉瑪斯，不知何時居然已經用雙手牢牢地抓住惠美跟真奧的襯衫。

「……要是敢輕舉妄動，我就宰了你喔。」

「我不是叫妳別說那些對小孩子情操教育有害的話了嗎？」

「什麼啦，明明你的存在本身就像是穿著衣服到處跑的負面教材。」

「不過阿拉斯．拉瑪斯還是喜歡這樣的爸爸對吧？」

「嗯……嘻嘻嘻。」

「那是在否定你吧？」

「是在害羞啦。妳還真行呢。」

「喂，爸爸，說故事給我聽。」

語氣中已經開始帶著睡意的阿拉斯．拉瑪斯，撒嬌地要求真奧講故事。

「嗯？故事啊。不讓媽媽講沒關係嗎？」

「嗯……明天再換媽媽……」

「唔……」

聽見阿拉斯．拉瑪斯天真無邪的預定，讓惠美的內心刺痛了一下。

真奧露出複雜的微笑，溫柔地拍了拍阿拉斯．拉瑪斯的肚子，像是在回憶些什麼似的望著空中。

「嗯～對了，接著說昨天的故事可以嗎？」

「嗯。」

「好，我說到哪兒了……呃……」

「說到旅人遇見了天使。」

「喔，對對對。虧妳還記得呢，了不起。」

「嘻嘻。」

驚訝地看著阿拉斯．拉瑪斯跟真奧對話的惠美，因為真奧突然轉向自己而倒抽了一口氣。

「在她睡不著，或是怕寂寞哭泣的時候，因為拿她沒辦法才一直說下去的。一開始那天還沒想到是尿布的問題呢。」

「……我又沒在問你。」

惠美不悅地回答，但真奧毫不介意地開始緩緩說起了「故事」。

「那麼，呃，是講到受傷的窮困旅人被天使救了的地方吧。」

溫柔的天使救了因為被壞惡魔欺負而受傷的旅人。

天使告訴旅人許多前所未聞的事情。

例如很高很高的山、很寬廣很寬廣的海洋，以及很深很深的森林。國王的事情、公主的事情、店舖與金錢的事情、蔬菜跟魚兒的事情、軍隊的事情、神明的事情，以及關於星之世界的事情……

旅人興奮地聽著這些故事。

某天，天使送了旅人一個護身符。

旅人珍惜著天使告訴他的事情與護身符，再度踏上了旅程。

透過這些知識跟護身符的力量，旅人終於當上了國王並過著幸福的生活。

「……呼……」

「……可喜可賀，可喜可賀……那麼，晚安囉。」

阿拉斯．拉瑪斯不曉得在故事說到哪個階段時便睡著了。即便如此，真奧還是將故事講到最後，快速轉身背對惠美。

有一段時間，房間內只充斥著夏夜的蟲鳴聲。

「……喂。」

「……啊？」

阿拉斯．拉瑪斯發出安穩的鼻息聲，惠美摸著小女孩的頭髮向真奧問道：

「那個旅人，當上國王後怎麼了？」

真奧緩緩轉過頭。即便在小夜燈的燈光下，還是看得出來他正皺著眉頭看扁對方的模樣。

「妳啊，那只是為了哄小孩子睡覺隨便編出來的故事耶。誰知道接下來會怎樣。就讓他過著幸福快樂的生活，可喜可賀，可喜可賀不就好了嗎？」

「他難道沒回故鄉，或是去找那位天使嗎？」

「……我說啊。」

「有什麼關係，而且明天必須輪到我說耶，讓我參考一下啦！」

「……」

真奧不曉得惠美是基於什麼打算才會提到「明天」，因此刻意擺出厭煩的表情，再度轉過頭避開惠美。

「就算做出困難的設定，小孩子也聽不懂吧。編到這點程度就剛剛好啦。」

真奧不予理會，惠美不滿地皺起眉頭。

「換個話題好了。」

「快睡啦。若跟妳講話然後吵起來，會吵醒阿拉斯．拉瑪斯耶。」

「為什麼旅人明明當上了國王，卻還會想要其他的國家呢？他不是變幸福，並迎接了可喜可賀的結局嗎？」

「……」

「……喂。」

那真的只是一道輕聲的呢喃。

「一定是當上國王後，就變得貪心了吧。」

「咦？」

「……若阿拉斯．拉瑪斯想知道後續，就隨便編給她聽吧。」

真奧快速說完後，便刻意發出誇張的鼾聲。

由於真奧不可能像阿拉斯．拉瑪斯那樣一瞬間就睡著，因此可見他是想表達無論惠美再怎麼問，自己都不會回答的意思。

「……」

彷彿呼應真奧的鼾聲般，阿拉斯．拉瑪斯也放開了惠美，改為抓住真奧的側腹。

惠美見狀，便再次摸了一下阿拉斯．拉瑪斯，替她將毛巾被蓋到肩膀上，然後自己轉身背對兩人。

面對二〇二號室的牆壁——

「……真是個，彆扭的傢伙……只是因為擔心，所以覺得千萬不能交給他而已。」

惠美不自覺地自言自語道。

鈴乃與漆原一語不發地坐在Villa・Rosa笹塚二〇一號室內。

房間內除了古色古香的櫻木梳妝台之外，還有看起來十分典雅的舊式矮飯桌跟全新的桐製衣櫃。

雖然家具方面統一採取日式風格，但卻有著最新款的家庭式省電冰箱，走廊上擺的也是具備殺菌、烘乾以及燙衣功能的滾筒式洗衣機。或許是因為安培數的問題，只有微波爐是跟魔王城差不多的簡樸款式。

看見不曉得原理為何、居然能從沒有風扇的橢圓形框架吹出風來的泰森牌最新款電風扇後，漆原好奇地反覆用手出入框架。

「……沒事耶。」

此時蘆屋走進了玄關。

「你有好好送千穗小姐回去吧。」

「那當然。就連道別前，她都還在擔心魔王大人他們的事呢。」

「不過，就只有這次絕對不能將千穗小姐捲進來啊。」

「那當然。要是千穗小姐有個萬一，我們就無法維生了。無論最後是以什麼樣的方式做出了斷，我都請她暫時別靠近魔王城了。」

「……嗯，這是正確的判斷。」

雖然鈴乃並不是這個意思，但她也沒刻意反駁就讓蘆屋進來了。

鈴乃再次向坐在房間中間無事可做的蘆屋提出質問：

「艾謝爾，問你一件事。」

「幹嘛。我可不會付住宿費喔。」

「誰要說這麼小氣的事啊，我又不是你。我是想問你們魔王軍的事情。」

抱膝而坐的鈴乃抬頭問道：

「你們為什麼會想要征服世界？」

鈴乃對著長得像日本隨處可見小市民的兩位男性側臉提問：

「我已經搞不清楚為什麼你們會想要征服世界了。」

「………那座冰箱，真是個好東西呢。」

「什麼？」

蘆屋的回答讓人覺得答非所問。

那臺冰箱是鈴乃前幾天聽從惠美建議買回來、配備了環保功能的最新款式，蘆屋認真地看著成為話題的冰箱乾脆地說道：

「那臺冰箱裡裝著昨天買回來後放進去的蔬菜、肉品以及牛奶。就算今天的配菜不夠，只

要去店裡買就能做出美味的飯菜來吃……魔王大人跟我，一定就是為了追求這樣的東西，才會進攻安特．伊蘇拉吧。」

「……？」

「聽不懂也沒關係。為了總有一天能回到安特．伊蘇拉，我們也只能每天勤奮地工作了……知道了吧，漆原。」

「……我要是想工作就會工作啦。」

「你這傢伙。」

或許是因為考量到隔壁跟現在的狀況，蘆屋跟漆原的爭吵也相對安分了一點。

鈴乃聽著兩人的聲音，再度將頭緩緩抵在環抱的膝蓋上。

※

「……唔……」

惠美在一大早就升起的朝陽以及早早便開始提升的氣溫雙重攻擊之下醒來。稍微睜開眼睛後，便看見了不習慣的天花板汙漬……

「……唔！啊……？」

想起被迫借宿魔王城的事實，連忙準備起身的惠美——

「……好險。」

發現阿拉斯．拉瑪斯正抓著自己的手臂，並發出平穩的鼻息聲。

若真的一口氣爬起來，就會一併吵醒阿拉斯．拉瑪斯了。

惠美放心地嘆了口氣，轉頭看向躺在阿拉斯．拉瑪斯旁邊的真奧。

真奧的睡姿十分難看。

儘管天氣很熱，但真奧那副沒紮T恤、張著嘴巴呼呼大睡的模樣，反而讓人覺得他的鼻子沒吹出泡泡是件很神奇的事情。

「嗯～～」

為了避免吵醒阿拉斯．拉瑪斯，惠美輕輕地掙脫手臂。原本還擔心一碰到就會吵醒她，但看來對方睡得很熟，完全沒有醒來的跡象。

惠美看了一眼時鐘，現在還不到五點。看來太陽升起的時間提早了很多。

由於只墊了一條毛巾被就睡著了，讓惠美全身上下都覺得十分痠痛。活動著脖子與肩膀，想著至少必須要幫阿拉斯．拉瑪斯買床棉被才行的惠美打了一個大大的呵欠。

從隔壁鈴乃的房間鴉雀無聲來看，應該是還在睡吧。惠美擔心著千穗是否有好好回到家。

再度摸了一下身旁阿拉斯．拉瑪斯的頭髮後，惠美將自己的包包拉了過來，拿出保力美達

β一口氣喝了下去。

由於不曉得加百列何時會現身，為了提防可能發生的戰鬥，至少必須先補充好能量才行。

當然這是為了保護阿拉斯．拉瑪斯，絕對不是被魔王的花言巧語所矇騙。

「這是為了阿拉斯．拉瑪斯喔，這是為了阿拉斯．拉瑪斯。」

惠美不斷地呢喃，並因為口中殘留的維他命臭味而板起臉孔。

「去洗把臉好了。」

說著說著，惠美將視線轉向廚房的流理臺。

「喲，早安啊～」

直到這一瞬間為止，惠美完全沒發現房間內除了真奧與阿拉斯．拉瑪斯以外，還有其他人的存在。

「……唔！」

位於靠近廚房的惠美視線死角的男人，在惠美產生反應之前便用手摀住了她的嘴巴。

「別亂來，我可不想動粗啊。」

「唔嗯唔嗯嗯嗯。」

惠美想用腳踢醒真奧，但卻差了一點而碰不到他。

「沒用的啦～大家都睡得很舒服喔～～暫時是不會醒的～～」

嘴巴被摀住的惠美回瞪笑著說話的不速之客，二話不說地便將意識集中到右手上。

「喔，這就有點危險了。」

男人乾脆地將手從惠美嘴巴上移開，拉開距離。

雖說是拉開了距離，但在這三坪大的房間內，兩人之間的距離還是只有兩尺左右，完全在惠美聖劍的攻擊範圍內。

「最近的天使真的都很沒禮貌呢。又是綁架人，又是在人家的包包裡裝發訊器，甚至還隨便闖進別人家裡……」

讓人完全感覺不到天使的神祕性、嘻皮笑臉的男子，大膽地露出了笑容。

「哎呀～不過，魔王城應該勉強不算在內吧？畢竟好歹是壞人的根據地～」

「你來得可真早呢？還是你打算等日期一變就要強硬地把那孩子給帶走呢？」

惠美快速地朝加百列的喉嚨伸出右手。

「進化聖劍．單翼」一轉眼便出現在惠美的右手中，劍尖直指大天使咽喉。

「喂，我昨天不是說自己是來談判的嗎？現在看來好像完全沒有商量的餘地呢。」

「姑且不論阿拉斯．拉瑪斯的事情，你也想要我的聖劍吧？為了達成我的目的並排除障礙，我可是完全沒理由對你手下留情呢。」

「真是的，討厭啦～最近的女孩子怎麼都那麼強悍啊。難怪會有那麼多草食系男子（註：

指對追求異性的興趣不高，專注於自己個人嗜好的男性族群）。最近的女孩子真恐怖呢。」

不知是與生俱來的性格，或是身為大天使的餘裕，即便被聖劍指著自己的脖子，加百列看起來依然毫不動搖。

「啊，還有我先澄清一點，魔王跟隔壁那些人之所以沒醒，並非是因為我施展了法術或張開了結界喔。」

「……這是怎麼回事？」

「哎呀，大概只是因為昨天都沒怎麼睡吧？隔壁原本打算徹夜警戒，一直努力到一個小時前左右呢，不過剛才還是全部都睡著了。真的啦，妳不也完全沒醒嗎？明明我來這房間後還吃了從便利商店買來的加熱便當、上了廁所，並到庭院做收音機體操，但結果大家還是都沒醒，這樣反而讓人覺得寂寞呢。」

「……」

話說回來，昨天真奧似乎說過自己雖然一直工作到晚上十二點，但還是一大早就叫阿拉斯·拉瑪斯起床了。

「然後，對立志成為天界第一紳士的我來說，實在不想趁全家人都在睡覺時襲擊你們啊。因此我才會等妳或魔王其中一人醒來，希望至少能再商量一次取得你們的諒解而一直待在這裡等呢……那個，所以，能不能請妳先把劍收起來啊。」

加百列討好似的仰望惠美，試圖輕輕地用手指將劍尖推回去，但惠美卻不肯罷休。

居然在工作當天吃著便利商店便當跟做收音機體操，怎麼能讓變得這麼庸俗的天使繼續增加下去呢。

「我不像沙利葉那樣有防禦聖法氣的方法，所以希望事情能和平地解決，真的啦。」

「……你還真敢說呢。」

「咦？」

「反正你已經叫昨天那些傢伙包圍了這棟公寓對吧？那些人是叫做天兵大隊嗎？」

惠美充滿挑撥的質問，讓加百列確實地慌了起來。

「我只要能把我想要的東西帶回去就夠了，完全沒有傷害其他人的念頭，我也很無奈啊。昨天的魔王感覺充滿了鬥志，為了保險起見，我才請他們在遠處監視。啊，不過光是我一個人就已經占據了『門』大部分的容量，坦白講那幾個傢伙並沒有強到哪兒去喔。畢竟回程時還要帶著那孩子，更讓容量顯得不足。事情就是這樣，算我拜託妳，有話好說啊。」

「……唔。」

「哇——？剛才劍稍微陷進脖子裡面了？這女孩明明是勇者，卻很擅長用劍威脅別人耶！太恐怖了吧？」

惠美默默地按下抵在加百列脖子上的劍尖。雖然並沒有受傷，但加百列表面上還是表現出

驚慌失措的樣子。

在兩人爭執之下——

「……吵死人了，到底在吵什麼啊……什麼嘛，現在才五點……呃，咦咦咦？」

就算是前一天睡眠不足的人，還是會因為旁邊發生騷動而驚醒。

真奧一醒來便發現惠美跟陌生男子隔著聖劍，在十分狹窄的三坪大房間內對峙。

「嗚……爸爸？」

接著連阿拉斯・拉瑪斯也醒了。一連串快速的發展讓真奧頓時反應不過來。

「加百列……你未免也太早來了吧……」

「啊，魔王撒旦，早安啊～～不好意思，一大早就這副德性～～哎呀～～我接下來也有很多預定要忙呢～～」

真奧暫且先將阿拉斯・拉瑪斯藏到自己後面，但由於儲備的魔力幾乎都用光了，而且還在不知不覺中被對方靠近到這個地步，只能說是萬事休矣。

「喂、喂～～別在小孩子面前舞刀弄劍～～這樣對情操教育不太好，快點收起來啦～～」

加百列趁機說服惠美。

但再怎麼說，惠美都不會被加百列所矇騙。難保對方不會趁自己收起聖劍後攻過來。

既然寧願讓天兵大隊的實力下降也要親自前來，就表示對方有著如此的自信。這位名叫加百列的天使，絕對不可能如外表般只是個輕佻、膚淺的男人。

「我又不是自己喜歡才跟天界或天使起爭執的，還不是你們那邊主動過來找麻煩，我才只好無奈地應戰。」

「哇……這邏輯真恐怖。」

加百列絕望似的皺起眉頭，無奈地縮起肩膀。

「沒辦法，就這樣直接說吧……我的喉嚨被劍尖抵著耶～好恐怖喔……唉，就從我這邊先讓步吧，最糟糕的情況，這次我只要能帶聖劍或那孩子其中之一回去就可以了。該說的我都說完了，你們只有兩個選項。交出來，或是不交出來。」

泰然自若的加百列舉起雙手搖來搖去，厭煩地說道。

「生命之樹是世界的根基，而我負責管理的『尊嚴』質點早在很久以前就被人偷走了。偷竊的犯人還不怕遭報應地將『基礎』質點分成好幾塊碎片四處散布。艾米莉亞，妳的『進化聖劍．單翼』跟魔王後面那孩子都是從『基礎』質點碎片中誕生出來的東西。而且，若長期讓那種東西在天界外面流傳，事情可就不妙了。」

「聖劍……是誕生自『基礎』質點的碎片？」

加百列舉起食指，彷彿在說今天早上看見的新聞內容般悠哉地繼續說道：

「沒錯。妳看，那裡不是鑲了一塊紫色的水晶嗎？」

加百列將手指與視線移向惠美聖劍的劍柄。

「進化聖劍・單翼」的劍柄有一個翅膀裝飾，而其中心確實鑲了一塊紫色寶石做為裝飾，惠美原本以為那單純只是一種設計而已。

「其中『進化聖劍・單翼』又特別地危險呢。回收的優先順序雖然很高，但在撒旦，也就是你進攻安特・伊蘇拉之前，那把劍一直～都行蹤不明。雖然我花了好幾百年的時間慢慢回收碎片，但就只有聖劍跟那孩子特別難找呢。所以啊，縱使我為了掩飾自己的失態，努力地偷偷回收碎片，然而一個人果然還是難以持續下去，甚至還被沙利葉發現，遭人懷疑打算向神造反，差點兒就被迫墮天了呢，哈哈哈。」

加百列說著說著便自己笑了起來，完全無視周圍冰冷的氣氛。

「這樣到底哪裡危險了？為了打倒魔王，聖劍是不可或缺之物，所以應該不會有危險才對吧。」

「對我來說很危險啊。」

真奧試著插話，但卻遭到無視。

「哎呀，那是你們人類自己……應該說，那只是以前得到『基礎』碎片的教會擅自那麼解釋罷了。而且若告訴妳哪裡危險，那我過去拚命尋找的努力就全都白費了，因此無可奉告。」

「怎麼會……居然是教會自己……」

「基本上，怎麼可能那麼剛好會有只對魔王或惡魔有效的劍呢。『進化聖劍‧單翼』的力量不是能透過聖法氣調整嗎？這跟那位教會騎士團小姐使用的『武身鐵光』有什麼不同。兩者不過是素材不同罷了，聖劍根本就不是什麼對惡魔專用的武器。」

「怎麼會……因為，聖劍在魔王城時告訴了我們魔王的所在位置……」

過去進攻魔王城時，聖劍曾經透過其光芒引導惠美等人抵達魔王的所在地。所以他們才能在短時間內攻下廣闊無垠的魔王城。

「那大概並非是指引魔王的所在位置，而是那孩子的所在地吧。」

加百列若無其事地說道。

「那只不過是因為『基礎』的碎片會互相吸引罷了。唉，也正因為如此，反而害我們那麼晚才找到那孩子。」

在碎片彼此產生反應後，勇者與魔王便展開了激烈的戰鬥。勇者發揮了聖劍的全力，大戰了一場。

「似乎是聖劍那強大的反應，掩蓋了那孩子的碎片原本就很微弱的反應。接著因為艾米莉亞帶著聖劍來到了這裡，於是反應又再次消失，害完全摸不著頭緒的我們亂成一團呢。沒想到居然會隱藏在魔王的園藝興趣裡面呢。」

真奧最後看見盆栽內水晶長出來的樹木時，它才剛開始長出兩株彼此纏繞的枝幹，不僅樹

葉稀疏，就連果實跟花瓣都還沒長出來。

由於原本就沒預料到水晶會有如此變化，所以真奧最近根本完全忘了有這回事，讓他覺得真虧那塊水晶能平安成長。

加百列突然用手抓住聖劍劍刃的部分。

驚訝的惠美想將劍抽走，但聖劍卻文風不動。

「沒用的～雖然有點像影印紙割到手指那麼痛，但就憑現在的聖劍，只要沒什麼意外是打不倒我的～所以～～」

加百列維持著悠然的態度，看了真奧一眼。

「你們已經搞清楚狀況了吧？算我拜託你們，乖乖接受我的要求吧。」

換句話說，這已經是最後通牒了。

加百列讓惠美清楚地了解若與他為敵，會有什麼樣的結果。而沒有儲備魔力的真奧，更是無論如何掙扎都不會有勝算。

當然就算依靠鈴乃的力量，結果也不會改變。

這麼一來，真奧能採取的手段就只剩下一個。

真奧深深吸了口氣，轉向加百列。

惠美跟加百列因為擔心真奧會自暴自棄地攻過來而感到緊張——

「……咦？」

「你、你幹什麼啊？」

但真奧卻做出了出乎加百列以及惠美預料的舉動。

「拜託你。」

真奧下跪了。

位居魔界頂點，至今仍公然宣言抱持著征服世界野心的魔王撒旦化身，此時居然對大天使低頭了。

「拜託你別帶走阿拉斯．拉瑪斯。」

真奧將額頭抵在榻榻米上，真摯地說道。

「爸爸……？」

阿拉斯．拉瑪斯因為無法理解真奧的行動代表著什麼意思，而來回看向真奧與加百列。

「呃，我是天使，而你是魔王。這跟昨天那位女孩子的狀況可不一樣喔。」

加百列有些厭煩似的回答，但真奧早就預料到這個答覆了。

「我當然不會讓你白白這麼做。就用我這條命來換如何。這交易應該不錯吧。」

「啊？」

「喂、喂？你在說什麼蠢話啊？」

這下就連兩人都大吃一驚。

「要、要打倒你的人可是我耶！你怎麼可以在這裡隨便捨棄自己的性命！」

「囉嗦。妳只要宣揚自己是在大天使的加護之下打倒我之類的就好啦！這樣對妳有什麼壞處嗎？」

「當然有！誰要接受這種傢伙的幫助啊！若不由我親手打倒你就沒意義了！」

「我才不管妳有什麼理由！現在重要的是阿拉斯・拉瑪斯啦！」

「呃，那個，可以別丟下我擅自開始夫妻吵架嗎？」

「──誰是夫妻啊（啦）！」

「哇喔……你們還真有默契……」

加百列有些感動地說道。

「爸爸跟媽媽不要吵架啦！」

加百列難得與阿拉斯・拉瑪斯意見一致。

「我可以問個問題嗎？為什麼身為魔王的你，要對這孩子那麼執著呢。」

「因為當上『國王』後，我就變得跟『那個惡魔』一樣被慾望蒙蔽了雙眼，而忘記了自己應該要珍惜這孩子的事情！」

被朝自己揮下的利爪囚禁，在紅色的天空與大地看見死亡的那一天。

「這孩子對逃出死亡深淵獲得重生的我來說，是希望的象徵……然而我卻在不知不覺間忘了她，成為了『惡魔之王』。」

原本根本不配被稱為撒旦的惡魔真奧貞夫，起身緩緩地抱住了阿拉斯·拉瑪斯。

「爸爸……有點痛耶。」

阿拉斯·拉瑪斯在真奧懷裡輕輕掙扎。

「你們至今不是已經放著她好幾百年不管都沒事了嗎？看在我這條命的分上，拜託別把這孩子、別把這孩子帶去她討厭的地方。」

「……講得好像我們把她帶回去後，會對她做出很過分的事情似的，但我已經說過很多次了，那孩子身為『基礎』碎片，原本就是天界的……」

「我知道『古代大魔王撒旦』的傳說！」

在真奧說出這句話的瞬間，惠美注意到加百列的表情頓時僵了起來。

「古代大魔王撒旦」，應該就是真奧昨晚提到的、遠古時代的魔王吧，但那位魔王到底跟加百列有什麼關係呢。

「……所以，我不會讓她走，我不想讓她走，拜託你，現在放過這孩子……！」

真奧還來不及說完便倒了下來。

「不好意思，我改變預定了。」

「呃……啊……」

跪倒在地的真奧痛苦地掙扎。雖然聖劍被壓制的惠美也不太清楚，但似乎有人正在阻止他呼吸。

「哎呀，坦白講我原本不打算做到這個地步，不過你這是在自掘墳墓啊。無論我為人再怎麼溫厚，聽到這件事也不得不動武了。」

「唔啊啊啊啊啊啊啊啊！」

「魔、魔王？」

加百列像是為了確認似的將臉靠近真奧。此時就連惠美也看得見真奧的脖子，彷彿正被一隻無形的手掐住般開始陷了下去。

「魔王大人！魔王大人！發生什麼事了？」

「退下，艾謝爾，我要用武身鐵光打破這裡！」

外面的公共走廊突然騷動了起來，並傳出蘆屋與鈴乃慌張的聲音。

「啊～～鬧到這個程度，也難怪他們會醒～～不過沒用的～～我設下的結界沒那麼容易被打破～～」

加百列絲毫不為所動。實際上僅管外面傳來了重物敲打大門的聲音，但這棟屋齡六十年的公寓大門卻連個裂縫都沒出現。

而就連這種時候，都沒聽見漆原的聲音。大概只有他一個人還在睡吧。

「勇者艾米莉亞，不好意思，為了避免後顧之憂，魔王撒旦就交給我來處理吧。雖然妳應該也有自己的狀況，但就像魔王剛才說的一樣，大不了我會幫妳下個『在大天使的加護之下……』之類的神諭，能不能就這麼妥協啊？」

眾人陷入了完全絕望的狀況。

沒有魔力的惡魔們束手無策，惠美的聖劍也被對方封住。

「喂，艾米莉亞，這樣沒問題吧？」

加百列看著真奧，同時詢問惠美。語氣聽起來真的就像是在問路般悠閒。從他的說話方式來看，人類世界對他而言就只是這種程度的東西罷了。

「……我拒絕喔。」

「咦？」

「今天晚上輪到我替這孩子說故事了。要是她被你帶走了，我不就無法遵守約定了嗎？」

「咦……真的嗎……」

儘管加百列的語氣因為惠美的回答而顯得有些氣餒，但感情上還是聽得出來他並不怎麼放在心上。

這讓惠美變得更加焦躁。

「我才不管你們是多麼偉大的存在！不過啊，魔王撒旦必須由我來解決！我不會讓任何人對他動手！」

「哎呀……事到如今，就算妳說出這麼老套的臺詞……」

「更何況，明知道對方不願意，還硬是要拆散人家父女的傢伙，怎麼可能會是好人呢！天光炎斬！」

「喔？喔喔，哇、哇，好燙燙燙！好燙好燙！妳幹什麼啊！」

惠美在聖劍的劍刃上燃起了火焰。

但那道足以砍傷墮天使路西菲爾的火焰，卻無法燒傷加百列的手掌。

「雖、雖然看起來好像沒什麼，不過很燙耶！真是的，我不想對妳動粗，為什麼妳就是無法理解呢？這東西原本就是由我負責管理的耶。」

「又沒人拜託你！」

「雖、雖然沒人拜託我，但這原本就是我的工作……」

「……」

「唔……咳……」

「剛才……那是誰？」

就連厭煩地隨便回答的加百列都露出了認真的表情。

「我們只是開心地在一起玩而已。」

那道聲音是來自惠美、加百列以及真奧的腳邊。

「『王國』說過。你們是騙子。」

那個人有著細小的手腳，以及雖然圓滾滾、但眼神堅毅的雙眼。

「在說謊後，變成了神！」

阿拉斯．拉瑪斯用手輕輕碰了一下正在掙扎的真奧。光是這樣——

「咳啊！咳……噁！」

「咦咦咦咦？」

加百列施加的束縛被解除，真奧流著冷汗恢復了呼吸。

「我，最討厭你了！」

「咦……」

阿拉斯．拉瑪斯走近加百列。

「不但拆散我們，還把我們關起來，而且——」

就在這一瞬間，阿拉斯．拉瑪斯的額頭浮現出新月形的花紋，身上的黃色連身裙也散發出彷彿盛夏太陽般的閃光。

「我絕對不會原諒，欺負爸爸跟媽媽的人！」

「嗚哇！」

「呀啊啊！」

被金黃色的光芒吹飛後，加百列撞上了魔王城的牆壁。

加百列的手放開了原本夾住的聖劍，讓惠美重獲自由。

「阿拉斯……」

「等一下喔，爸爸！」

「哇，喂！」

身上纏繞著金黃色的阿拉斯·拉瑪斯穿過站不起來的真奧身邊，像顆子彈般衝向加百列的胸口。

「唔啊啊啊！」

加百列發出彷彿被壓扁的癩蛤蟆聲音，連同阿拉斯·拉瑪斯一起穿破牆壁後被撞飛。

「阿、阿拉斯·拉瑪斯！天光駿靴！」

惠美放著真奧不管，將破邪之衣集中在一處，迅速地移動並緊追在後。

「艾米莉亞！」

「魔王大人！」

或許是加百列離開後結界便解除了，大門突然連同鉸鏈一起被打破，蘆屋與鈴乃一起滾了進來。

看見動彈不得的真奧跟牆壁上的大洞後，蘆屋臉上充滿了憤怒。

「可可可可惡的艾米莉亞！居然敢做出這種好事！」

按照蘆屋的思考方式跟現場的狀況，理所當然地會做出這種結論。不過——

「不對……是加百列……把阿拉斯．拉瑪斯……」

「什麼？那傢伙來了？」

「阿拉斯．拉瑪斯，在戰鬥，快點，追上去……咳！」

「阿拉斯．拉瑪斯……」

「在戰鬥？」

完全跟不上狀況的蘆屋與鈴乃，只能來回看著真奧與牆壁。

「鈴乃，拜託你，帶我，到上面……」

看見真奧痛苦地呻吟，鈴乃點頭回應——

「站住，人類！魔王撒旦！」

「我們不會讓你們去干擾加百列大人！」

然而昨天那四位加百列的部下卻突然出現，像是為了堵住阿拉斯．拉瑪斯打破的洞般飛了過來。

天兵大隊的四人背上同樣拍動著白色的翅膀。

「唔……混帳……」

就算要戰鬥，真奧這邊也只有鈴乃有戰鬥的能力。即便被加百列評價為很弱，但讓鈴乃單獨面對四個天兵大隊等級的對手，終究還是太不利了。

然而——

「喔，你們用那種語氣是在對誰說話啊？」

四位天使的臉不知為何，在聽見這道新的聲音後便僵住了。

「不過是加百列的小弟，居然還敢那麼囂張地要我們退下，啊？」

「漆、漆原？」

看起來剛睡醒的漆原懶洋洋地靠在玄關上，瞪向四位天使。接著——

「讓開。」

便若無其事地這麼說道。

「……」

四位天使雖然並未老實讓路。

「真奧、貝爾，放心啦。我不會讓這些傢伙礙事的，快去吧。」

「這、這是怎麼回事？」

「蘆屋，你忘記我原本是什麼樣的惡魔了嗎？」

漆原一臉不悅地咋舌。

路西菲爾在魔王軍位居惡魔大元帥。但根據眾多聖典和傳說，他在成為墮天使之前，是人稱「早晨之子」並企圖取代神的天界最高位天使。

「在墮落之前，我好歹也是首席大天使呢。雖然對加百列行不通，但像這幾個被那傢伙使喚的天兵大隊小嘍囉，怎麼可能敢違抗我呢？」

即便對手是已墮落者，但根據天界的法則，他們還是無法違抗比自己高位的天使。

但別說是「早晨之子」了，居然無法違抗這日夜顛倒、生活步調亂七八糟的尼特族墮天使，遵守這種一成不變的法則，這些認真工作的天兵大隊還真是有點令人同情呢。

「你……偶爾真的是還滿有用的呢……」

「偶爾是多餘的啦，真奧。先別管這個，你們還是快點過去吧。」

「喔、喔，鈴乃，拜託妳了！」

「好，站到桅面上來！可別被甩下去了！」

鈴乃與真奧從天使讓開的道路飛向早晨的天空。

「阿拉斯・拉瑪斯？」

惠美在遙遠的笹塚上空目睹了那幅景象。

阿拉斯・拉瑪斯彷彿擁有意志的流星般快速地突擊加百列，天使則是陷入了苦戰。

「好痛、痛痛痛痛痛痛痛！」

「加百列！快給我離開阿拉斯・拉瑪斯！」

「可、可以的話，我也很想離開啊，好痛——！」

被惠美的牽制分散了注意力的加百列，臉部遭到阿拉斯・拉瑪斯用頭全力使出的突擊。

在令人不忍直視的衝突之後，加百列像寶特瓶火箭般輕輕地飛到了更高的地方。

「阿拉斯・拉瑪斯，妳沒事吧？」

惠美完全不在意摀著鼻子飛出去的加百列，在空中抱住了阿拉斯・拉瑪斯。

「太沒道理了！無論怎麼看，被攻擊的人都是我吧！」

加百列展開巨大的翅膀緊急剎車，在稍微高一點的地方哭喊。

「啊～真是的！我不怎麼擅長戰鬥呢！」

加百列將空著的右手伸到臉旁邊後握拳。接著——

「鏘！劍變大了！」

惠美對不曉得是在模仿什麼、拿出危險武器的加百列說道：

「你打算對小孩子劍刃相向嗎？」

「我說啊！難道馬戲團裡的馴獸師，會赤手空拳地面對凶暴的熊或獅子嗎？又不是只要身為管理者，就能一直表現出游刃有餘的態度！」

「你、你給我再說一次！你剛才是不是將阿拉斯．拉瑪斯比喻成熊或獅子了？」

「我只是舉個淺顯易懂的例子而已啦！幹嘛突然發揮母性氣成那樣啊！」

「媽媽，小心點！那把劍很厲害喔！」

像是為了守護母親一般，阿拉斯．拉瑪斯阻擋在惠美與加百列之間。

「嗯，很厲害喔。反過來說，現在就是恐怖到讓我必須拿出這個的程度。」

儘管對方從容的語氣還是沒變，但就算不用阿拉斯．拉瑪斯提醒，惠美也知道加百列手上那把乍看普通的長劍並非尋常之物。

「加百列的劍……是杜蘭朵之劍嗎？」

「正確答案。這把劍雖然沒有施加什麼特別的法術，但就是非常地堅固，什麼都能砍呢。再怎麼無聊的東西都有辦法砍喔。大概就連『進化聖劍．單翼』也不例外。我好歹也是位管理者，可不能輸給區區一個碎片呢。就算真面目是『基礎』的碎片，砍女孩子的感覺還是很不舒服，可以的話我是希望你們投降啦。」

「……你以為這麼說，我們就會乖乖認輸嗎？表現餘裕的反派，最後註定都會輸……」

就在這一瞬間，一陣微風吹過惠美旁邊，同時讓她的右手感覺到輕微的衝擊。

「哎呀，若能以紳士自居，就會像我這樣被稱為伏筆破壞者了呢。」

惠美後方傳來了加百列的聲音。

「！」

此時，惠美體內的聖法氣突然急劇地減少了。

聖劍的劍身居然只剩半截。不，是被斬斷了。

殘留在空中的聖劍劍身殘渣彷彿螢火蟲般閃閃發光。切斷面如同鏡子一般光亮，在發現聖劍被砍飛之前，惠美甚至連動也動不了。

「媽媽！」

阿拉斯．拉瑪斯似乎也是如此，雖然她飛到了惠美身邊，但若只能靠身體來攻擊的阿拉斯．拉瑪斯被杜蘭朵之劍給攻擊到……

「我只要帶走進化天銀的核心，亦即『基礎』的碎片就夠了，至於聖劍會變得怎麼樣，就不關我的事了。」

或許是想裝模作樣吧。加百列將杜蘭朵之劍靠在肩膀上──

「好痛！割到肩膀了！」

但將什麼都能斬的雙刃劍搭在肩膀上後，便砍到了自己的衣服跟肩膀。

「吶，阿拉斯．拉瑪斯。」

「……什麼事，媽媽。」

無視於一個人要猴戲的加百列，惠美詢問阿拉斯．拉瑪斯：

「…………妳，喜歡『爸爸』嗎？想一直跟他在一起嗎？」

「嗯！」

阿拉斯．拉瑪斯毫不猶豫地立刻回答。

「啊，不過，我也喜歡媽媽，我不想跟媽媽分開。」

而小女孩接下來連忙補充的樣子，更是惹人疼愛。

「這樣啊。」

惠美輕輕地微笑。

「既然這裡有個不想跟最喜歡的爸爸分開的孩子在，那我怎麼能夠置之不理呢。」

惠美竭盡全力，重新將聖法氣注入聖劍。

斷裂的劍刃逐漸修復，恢復到第一階段的形狀。

雖然劍身比一開始還要細了一些而感覺不太可靠，即便如此——

「人只要是為了讓必須守護的事物獲得幸福，就會變得愈來愈貪心呢！」

「欸……感覺，事情好像變得非常麻煩了。」

惠美靠幹勁恢復了霸氣，加百列則是一副打從心底覺得麻煩似的板起臉孔。

「……別那麼責備我啦！講得好像我是個壞人一樣。」

加百列隨便擺出了一個完全無視劍術基礎的架式。但若稍微被那股速度、威力以及銳利的劍刃擊中，恐怕就會性命不保。

「話先說在前頭，只要妳一出手，我就不得不認真應戰囉？若妳已經有所覺悟，那就放馬過來吧。」

「跟看小孩子哭比起來，無論是什麼樣的對手都沒什麼好怕的！」

「那孩子雖然外表的確是小孩子的樣子，但原本可是『基礎』質點喔……唉，一講出這種話，感覺果然就像是個反派呢。」

惠美已經不再理會發著牢騷的加百列，開始策劃該如何應付這場令人絕望的戰鬥。

即便是處在萬全的狀態，劍身依然會被對方砍斷，因此無法與對方兵刃交鋒。必須一擊打倒加百列……然而，究竟該如何應付對方的速度……

「喝啊！」

就在這一瞬間，有人從加百列背後快速地衝了過來。

「魔、魔王！」

「爸爸！」

「欸！」

搭鈴乃的巨槌來到戰場上空的真奧，居然從正後方揪住了加百列。

在真奧從巨槌上跳出去的同時，鈴乃也瞄準加百列揮下了武身鐵光。

「武光烈波！」

隨著鈴乃的吆喝聲，巨槌從槌面發出了一道衝擊波，直接命中了身上還纏著真奧、打算閃躲巨槌本體的加百列屁股。

「唔喔喔喔喔喔？」

「嗚哇啊啊啊啊？」

因為背著真奧，所以重心偏向身體上方的加百列，以猛烈的速度在空中旋轉。

「放～～開～～我～～啊～～！」

「誰要放啊啊啊啊！」

難以想像是發生在大天使與魔王間的低俗戰鬥，就這麼在旋轉中度過了一段的時間。

「惠～～美～～！趁現在啊～～！連我一起砍下去吧～～！」

真奧在旋轉的同時大聲喊叫，讓惠美總算因此回過神來。

「笨、笨蛋！我怎麼可能有辦法在阿拉斯．拉瑪斯面前做出那種事啊！」

「笨蛋～～！現在不動手，晚點就沒機會啦～～！」

「哼！」
「呀！」
加百列當然不會配合地就這麼一直轉下去。
加百列只用驅趕蒼蠅程度的力量，便扯下真奧丟到空中。
「哇啊啊啊啊！」
在旋轉的慣性下，真奧就這麼以猛烈的速度飛了出去，開始墜落。
「魔、魔王！」
鈴乃慌張地追了過去，但這個距離以她的速度根本就趕不上。
「媽媽。」
阿拉斯．拉瑪斯突然叫住了只能無奈地眺望這些人爭吵的惠美。
「……什麼事，阿拉斯．拉瑪斯？」
「媽媽，妳會一直跟爸爸在一起嗎？媽媽，也喜歡爸爸嗎？」
在這種關鍵時刻，這孩子到底在說什麼啊？
明明已經在她面前跟真奧吵了那麼多次架。而且她明明就知道魔王跟人類的差別。
不禁覺得好笑的惠美露出微笑。
雖然不能傷害小孩子，但也不能因此就對她說謊。

「嗯，我會一直待在爸爸身邊喔。」

「真的嗎？」

阿拉斯．拉瑪斯露出了打從心底感到高興的笑容，惠美也笑著回答：

「嗯，真的。」

惠美說出發自真心，而且完全如同字面上意思的一句話。

「直到死亡將我們兩人分開為止。」

只要真奧貞夫還是魔王撒旦。

「耶！」

阿拉斯．拉瑪斯開心地發出符合小孩子會有的歡呼聲——

「？」

就在這時候，突然產生了一股足以用「空震」來形容的衝擊。

鈴乃追著掉下去的真奧，但卻因為某人以極快的速度通過身邊而讓她嚇了一跳，差點無法控制自己的飛行。

等鈴乃勉強恢復姿勢後，真奧已經快要撞上了地面。

「爸爸。」

但就在千鈞一髮之際，真奧突然停在空中。

不，是全身纏繞著金黃色光芒的阿拉斯．拉瑪斯接住了他。

「阿拉斯．拉瑪斯……妳……」

「吶，爸爸，媽媽說她會一直待在你身邊耶。」

「啊？」

無法理解阿拉斯．拉瑪斯到底在說什麼的真奧，就這樣納悶地維持著愚蠢的仰躺姿勢，飄在距離Villa．Rosa笹塚中庭只有數公分高的上空。

「這麼一來，爸爸就不會感到寂寞了。」

「妳到底在說什麼啊……」

「我希望能永遠跟爸爸和媽媽在一起。」

「咦？」

阿拉斯．拉瑪斯說著天真無邪的話，並幾乎同時從身上發出了光芒。

彷彿羽毛般溫暖的柔和光芒，瞬間充滿了真奧的視線。

「所以要暫時，跟你說掰掰了。」

就在失去支撐的真奧掉落地面的瞬間，金黃色的流星已經快速地升上了高空。底下的真奧仰望流星，完全無計可施。

真奧無視好不容易降落地面的鈴乃，大聲地叫道：

「阿拉斯・拉瑪斯————————！」

像是在呼應真奧的吶喊般，遙遠的高空散發出漫天飛舞的光芒，在晨曦映照之下，彷彿另一個太陽似的綻放出銀色的光輝。

「加百列，不好意思，我要選擇第三個選項了。」

身著白銀手甲與護腿的艾米莉亞散發出如滿月般的清澈光芒。簡便的手甲能露出手指，避免碰到劍柄上的護手罩。空著的左手則是裝著流線形的盾牌，白銀的護腿也採用與厚重手甲相同的設計。

這就是至今從未表現出具體形狀、僅以光芒形式出現的部分破邪之衣實體化後的姿態。

除了兩臂的手甲與護腿外，其他地方依然還是維持光之衣的模樣。但惠美隔著手甲緊握的「進化聖劍・單翼」，就連被杜蘭朵之劍斬斷的尖端都散發出白銀的光芒，重新復活了。

「怎麼會這樣……對了，原來教會給妳的『進化天銀』不只一個啊，我都忘了呢。」

加百列一臉認真地重新用杜蘭朵之劍擺出架勢。

「雖然從外表看不見構成那件破邪之衣核心的碎片，不過難怪那孩子會被妳吸引。真糟糕，沒想到居然會透過這種方式進化……看來我接下來要認真了……」

某個物體穿過將鬥志表現在臉上，但態度依然保持從容的加百列身邊。

而下一個瞬間——

「唔啊啊啊！咦？咦？怎、怎麼了？」

加百列因為背後傳來的劇痛而大叫。

那是這位天使從未體驗過的「疼痛」。這對身為天界大天使、幾乎沒有被人傷過的加百列來說，是未知的痛楚。

「這、這、這是……！」

加百列的左臂淺淺地，真的只是淺淺地開了一道傷口。

但這對加百列來說是不可能發生的事情。直到剛才為止，他甚至還能若無其事地空手抓住聖劍才對。

「……天使的血，跟我們一樣是紅色的呢。」

只見惠美，不，勇者艾米莉亞甩掉「進化聖劍・單翼」前端稍微沾到的血，重新轉身面對加百列。

「退下，加百列。我一點都不打算跟天界起爭執。我只是不想看見那孩子哭泣而已。」

艾米莉亞寂寞地垂下視線。

「這、這怎麼行……我也有不能退讓的事情啊。妳以為我找『基礎』碎片找了幾百年是假的啊？」

「喔，那麼，你是打算繼續用那把劍跟我戰鬥囉？」

「！」

這次加百列的臉上總算失去了餘裕。

神話中所記載的大天使之劍杜蘭朵前端，居然像剛才的「進化聖劍．單翼」一般被砍斷了。

不僅如此，裂痕還從彷彿鏡面般光滑的切口往下延伸，接著杜蘭朵之劍便像化為灰燼般開始崩壞。

「……看、看來這下也只能撤退了呢。」

加百列比想像中還要乾脆地投降了。

「不過，無論是我，還是沙利葉，一定都不會放棄喔。總有一天，我們一定會回收所有的『基礎』碎片。只是在那之前先寄放在你們那兒罷了。」

「以輸家的虛張聲勢來說算不錯了。不過，我只有一點不懂。如同魔王所言，明明你們放著碎片不管好幾百年都沒事了，為什麼現在還要那麼拚命地收集呢？」

加百列因為艾米莉亞的問題而目瞪口呆了一會兒。

「……嚇我一跳。事情都到這地步了，妳居然還在說這個？」

「？」

艾米莉亞因為無法理解加百列的話而瞇起了眼睛。

「……妳還是再好好思考一下自己到底是什麼樣的存在，以及剛才跟我戰鬥的意義吧。這麼一來，妳一定就會了解了。」

加百列留下充滿謎團的話後，沒等艾米莉亞回應，便再次舉高了握著壞掉的杜蘭朵之劍的手。

「希望到時候妳的選擇，會以世界的安寧為優先。這也是為了——」

加百列手中的光芒再度變強。

「別讓『大魔王撒旦』的災禍再度降臨。」

「怎、怎麼了？」

真奧與鈴乃因為上空爆出一道強烈的光芒而偏過頭。

雖然看起來像是大規模的爆炸，但兩人等光線消失，再度抬頭往上看時，便發現有什麼東西掉了下來。

鈴乃往地面一踏後便飛了起來，試著接近那個物體。

「咦，艾米莉亞？」

鈴乃馬上就發現那個正在墜落的物體是人類，而且還是惠美。

不曉得惠美是受傷了，還是因為剛才爆發的光芒而失去了意識。鈴乃好不容易衝到惠美下方，在千鈞一髮之際接住了筋疲力盡的惠美。

「艾米莉亞，妳沒事吧？」

雖然惠美看起來全身無力，但向她搭話後，還是馬上就睜開了眼睛。

「……啊，貝爾……嗯，我沒事。還有，加百列已經走了。」

「什麼？」

鈴乃驚訝地仰望上空爆出光芒後所留下的殘渣。

接著便發現除了剩下些微閃耀的光芒外，就只剩下一如往常的笹塚天空。除了到處都看不見人影之外，當然更找不到加百列的身影。

但鈴乃並未因此就感到放心。

沒有人影。

天空中只剩下鈴乃與惠美。

「喂，惠美！」

下方傳來一道就算不用特別去看，也能聽得出來說話者正臉色蒼白的聲音。

「阿拉斯．拉瑪斯怎麼了？」

「……」

「阿拉斯．拉瑪斯到底怎麼了？」

「……」

真奧看著緩緩降落的惠美跟鈴乃，忘我地大喊。

惠美不悅地別過臉，讓真奧產生極度不祥的預感。

「難不成……被加百列……」

惠美什麼也沒回答。

但相對地——

「真是的……現在到底該怎麼辦才好……」

惠美彷彿在向某人抱怨似的獨自嘀咕著。

※

「喂，小千。」

打工時間結束後，木崎叫住了千穗。

「啊，木崎小姐，辛苦了。」

「嗯，辛苦了，可以打擾妳一會兒嗎？」

「沒問題，有什麼事嗎？」

現在是晚上九點。被木崎叫過去的千穗，隱約知道對方找自己有什麼事情。

「之前那孩子，回親戚那裡了嗎？」

不出千穗所料，她在內心點了點頭後說道：

「果然看得出來嗎？」

「該怎麼說，那傢伙看起來就像是失了魂似的。」

是在指真奧的事情。

真奧今天的狀況真的只能以無精打采來形容。不但連續犯下粗心的錯誤，聲音聽起來也毫無幹勁，看見真奧跟平常天差地遠的表現，反而讓木崎替他擔心了起來。

「像這種事，也只能等本人自己切換心情了，真令人困擾……不好意思，若這狀態一直持續下去，就麻煩小千稍微在工作方面輔助他一下囉。」

「是的，我知道了。」

「我會有點嚴厲地教訓他。總不能給他太多好臉色看呢。」

「沒問題的，木崎是為了真奧哥著想才會這麼說，真奧哥一定也知道這點。那麼，我先告辭了。」

「嗯，回去時小心一點啊。」

千穗向木崎行了一禮，走出店內，在確認了一下時間後，便開始往笹塚站前進。

阿拉斯．拉瑪斯消失了。

據說在看見跟加百列一起飛出去的惠美單獨回來後，真奧的樣子只能用氣力盡失來形容。

千穗也只從鈴乃那裡聽說了早上惠美跟加百列的戰鬥。

由於擔心加百列等人的事，千穗一大早便趕到了Villa．Rosa笹塚，但等待著她的卻是——

「阿拉斯．拉瑪斯……已經不在了。」

鈴乃令人驚訝的一句話。

鈴乃、蘆屋以及漆原都無計可施地坐在外面的樓梯上，二樓的牆壁還開了個大洞。

千穗已經習慣異世界人所引發的超常現象，所以一眼就看出這是戰鬥留下來的痕跡。

雖然在意附近鄰居會不會因為這場騷動而報警，但現在並非擔心這個的時候。

「蘆、蘆屋先生，這是……」

「魔王大人……平安無事。雖然人在魔王城裡……但他說想一個人獨處。」

「阿拉斯．拉瑪斯妹妹……怎麼了嗎？是那個叫加百列的人，做了什麼嗎？」

千穗激動地說出加百列的名字。

「誰知道。艾米莉亞跟真奧看起來好像都一副無精打采的樣子。」

漆原回答了千穗的疑問。

「現在最有可能的狀況，就是阿拉斯．拉瑪斯被加百列帶走了。」

「怎、怎麼會！」

千穗悲痛地大喊。

「這次因為有天兵大隊看著，所以魔王完全沒有取回魔力的空檔跟手段。對上生命之樹的守護天使，我不認為艾米莉亞有辦法與之抗衡……幸好艾米莉亞跟魔王都沒什麼大礙……雖然很遺憾，但阿拉斯．拉瑪斯被帶走的可能性是最高的。」

「不過，這也沒辦法吧？既然阿拉斯．拉瑪斯是『基礎』質點的碎片，那麼被加百列帶回天界才是自然的發展。基本上我們本來就沒義務要保護那孩子……」

「漆原先生！」

千穗大聲地打斷漆原，不讓他繼續說下去。

「要是再繼續說下去，我可不會原諒你喔！」

「……怎樣啦。」

雖然不悅地噘起嘴，但漆原還是閉上了嘴巴。

「……遊佐小姐，怎麼了嗎？」

「艾米莉亞已經回去了。她說今天還要上班……雖然我能理解她的行李跟衣服因為戰鬥而變得破破爛爛……但那傢伙也真是無情……」

蘆屋無力地回答。

「佐佐木小姐，請妳也先去學校吧。魔王大人……」

蘆屋一臉沉痛地仰望二樓的大洞。

「現在應該不想跟任何人說話……」

千穗雖然跟著蘆屋一起往上看，但內心卻倏地湧出某種不知名的感情而不自覺地落淚。

「對、對不起……那麼，我先走了。」

像是為了掩飾這點般，千穗連忙對三人行了一禮便離開公寓。

「阿拉斯．拉瑪斯妹妹……」

去學校的途中，千穗小聲地叫著嬌小蘋果小女孩的名字，並再度流下了眼淚。

連待在一起的時間不長的千穗都感到如此失落，那麼被當成父親般愛慕的真奧內心又是如何呢。

就連這種時候，自己都無法陪伴在真奧的身邊。

千穗為自己的無力而咬緊牙關。

「……啊，簡訊。」

千穗發現包包裡的手機在震動，於是擦乾眼淚拿出手機。

「遊佐小姐？」

那是惠美傳來的簡訊。內容寫著今天無論幾點都沒關係，是否能跟千穗見個面。

千穗回信告訴惠美自己放學後必須打工到晚上，但惠美表示就算晚上也無所謂，希望能跟千穗見個面。既然對方都這麼說了，那麼千穗自然也沒理由拒絕。

而現在打工完回去的千穗，在笹塚站內發現了惠美的身影。

「遊佐小姐，讓妳久等了！」

「啊，千穗，不好意思，居然在妳那麼累的時候把妳找出來。」

雖然惠美這麼說，但她的表情看起來卻格外地疲累。

果然她也以自己的方式，因為阿拉斯．拉瑪斯不見了而感到心情沉重吧。

「我是不介意啦……怎麼了嗎？」

「呃，那個……我請妳好了，到那邊的細飽花咖啡廳談好嗎？那裡角落的位子是空的。」

「咦？啊，好的，我是無所謂啦……」

兩人走入位於笹塚站大廳角落的細飽花咖啡廳，惠美點了特調咖啡，千穗則是點了冰豆漿拿鐵。

惠美占據了位於店內角落、看起來不太顯眼的位子，在深深地坐進沙發椅後，大大地嘆了口氣。

「今天早上的事情，妳已經從其他人那裡聽說了？」

惠美一開口便提起這個話題。並不感到意外的千穗一臉沉痛地點頭。

「……我去了公寓一趟。」

「這樣啊……」

「那個……阿拉斯．拉瑪斯妹妹，真的被帶走了嗎？」

「……」

惠美用看起來比千穗更加憂鬱的表情皺起了眉頭。

看來事情果然是如此。

「……要是我，再更強一點……」

「怎麼會，這又不是遊佐小姐的錯……」

「……若我擁有能獨自跟加百列戰鬥的力量，事情就不會變成這樣了。」

「怎麼會，請妳別再責備自己了……」

「不，會有這種結果，都要怪我力量不足。」

「媽媽，沒事吧？妳感冒了嗎？」

「遊佐小姐……」

「小千姊姊。媽媽，有哪裡痛嗎？她受傷了嗎？」

「不對，不是那樣的。她是覺得心痛…………咦？」

「嗚？」

某人正站在惠美與千穗的腳邊。

「啊啊啊啊咦咦咦咦咦咦咦咦？」

忍不住跳了起來的千穗膝蓋撞上桌子，差點打翻了豆漿拿鐵——

「好痛！」

最後失去平衡跌倒在地。

「小千姊姊，妳沒事吧？」

那個人用幼小的手掌輕輕拍著千穗的臉頰。

「阿拉斯·拉瑪斯妹妹！」

跪倒在地的千穗驚訝地大喊。

「咦？為什麼？這是怎麼回事？為什麼阿拉斯·拉瑪斯妹妹會在這裡？」

千穗抬頭一看，只見桌子上用手掌捧著臉頰的惠美紅著臉偏過了頭。

「妳沒事啊！太好了！」

「哇噗！」

千穗開心地抱緊阿拉斯．拉瑪斯。

「不、不過，這到底是為什麼？無論是真奧哥、鈴乃小姐還是蘆屋先生，大家都以為阿拉斯．拉瑪斯妹妹被帶走了耶？」

千穗已經完全不想提到令人不愉快的漆原。

「……就連我也沒想到事情會變成這樣啊。」

惠美維持著將臉轉到旁邊的姿勢開始說明。

在阿拉斯．拉瑪斯發出耀眼光芒的瞬間，惠美就從聖劍身上感覺到違和感。

「阿拉斯．拉瑪斯，把聖劍給吃掉了。」

「……咦？」

阿拉斯．拉瑪斯，吃了，聖劍。

照理說絕對不會搭在一起的主詞、動詞跟受詞，讓千穗睜大了眼睛。

「就像這樣把聖劍捲成一團，像吃麵包一樣吃掉了。妳能想像當時我有多麼震驚嗎？」

「……」

千穗當然無法回答。

「唉，總之那似乎是阿拉斯．拉瑪斯『融合「基礎」碎片』的方式。我跟加百列都因為搞

不清楚狀況而嚇了一跳呢。」

「我現在，一直跟媽媽在一起呢！」

「然後啊，總之，雖然『基礎』碎片之間彼此融合了，但由於聖劍已經變成了我身體的一部分，因此結果就變成現在這個樣子……」

為了避免被店內其他客人看見，惠美用身體遮住阿拉斯．拉瑪斯，並將手放到頭上。接著——

「哇噗！」

阿拉斯．拉瑪斯便失去形體，化為點點磷光。

在千穗感到驚訝的短短一瞬間，惠美手上便多出了一把漂亮的短劍。

那把短劍想必就是聖劍吧，但那把劍的形狀卻明顯跟惠美以往所使用的聖劍不同，從外表也看得出來紫色寶珠的光輝變得更加強烈。

惠美的右手裝了至今戰鬥時從未出現過的美麗銀色手甲，然後——

『媽媽，嚇了我一跳。』

劍居然說話了。

「……說、說話了……咦？咦？那該不會是……」

「就是啊。」

『小千姊姊，我很帥對吧？』

「阿拉斯·拉瑪斯化為聖劍跟破邪之衣的一部分了。」

千穗驚訝得合不攏嘴。

「那、那妳為什麼，不把這件事告訴真奧哥他們呢？真奧哥整個人意志消沉，結果昨天跟今天都完全沒辦法好好工作喔？」

「哎呀，是這樣嗎？他受到的傷害還挺重的嘛。」

「那當然啊！因為他是那麼地疼愛阿拉斯·拉瑪斯妹妹……」

「呵呵，對不起啦。不過，我覺得對那傢伙來說，就算做到這種程度也無所謂。」

下一個瞬間，惠美手上的聖劍消失，阿拉斯·拉瑪斯又再度出現在千穗眼前。

「必須讓他稍微了解一下，失去重要之物是多麼地令人難過才行。」

變身剩下的光芒消失後，惠美溫柔地摸著阿拉斯·拉瑪斯的頭。

「加百列也哭著回去了呢。唉，畢竟就連沙利葉的『墮天邪眼光』都無法從我身上取出聖劍，因此他也無可奈何吧。魔王跟貝爾最後看見的是加百列像小學生一樣謾罵，逃進門裡時發出的光芒啦……然後，接下來才是重點。」

「……咦，是、是的，有什麼事嗎？」

千穗因為事情的發展太過離奇而有些跟不上狀況，但惠美又再度追擊似的說道：

「阿拉斯·拉瑪斯現在雖然跟聖劍是融合狀態，但如妳所見，某種程度上她還是能自由地行動。」

「嗯。」

「然後啊……我在融合前跟這孩子說過的話……好像讓她誤以為我會一直跟『爸爸』在一起了……」

短暫的沉默之後，千穗低聲說道：

「咦？」

「真是的，今天工作時，這孩子一直在我腦中吵著『我想見爸爸』或是『爸爸在哪裡』。但若每次都將這孩子寄放在魔王城，遇到關鍵時刻我就無法使用聖劍了。」

「那是怎樣？」

「偏偏梨香今天整個人又魂不守舍的，害我無法向她求助。」

「鈴木小姐？」

「早上、午休跟回去的時候，她都坐立不安地一直在注意手機。」

惠美一口氣喝下變溫的特調咖啡，露出打從心底感到困擾的表情煩惱著。

「總之再這樣下去，無論是身為上班族還是勇者，我都無法好好地工作！明明必須討伐魔王，但這麼一來就得讓阿拉斯·拉瑪斯殺害自己的『爸爸』，基本上只要讓這孩子變成聖劍狀態收起來，她就會開始在我腦中大吵大鬧，對日常生活造成妨礙……我真的已經不曉得該怎麼辦才好了……」

「這是什麼育兒精神官能症啊……」

千穗因為聖劍勇者的怨言而頭痛了起來。就算告訴千穗這些事情，她同樣也不曉得該如何是好。

雖然不曉得，但這對千穗來說，依然是希望能夠跟惠美交換的奢侈煩惱。

「我不曉得這麼做能不能解決問題。」

「什麼？」

千穗非常冷靜地對探出身子的惠美說道：

「搬到真奧哥住的公寓空房間怎麼樣，這樣至少能夠實現阿拉斯．拉瑪斯妹妹的要求。」

「這樣感覺好像是我輸了一樣，就只有這點我絕對不要！」

「拜託妳別說那麼幼稚的話啦！」

「可是……」

「搬到爸爸家！」

無視「媽媽」的煩惱，與大人世界的事情無關的蘋果小女孩阿拉斯．拉瑪斯，依然是一副我行我素的樣子。

※

「又要燒那個火堆啦？」

惠美跟千穗一起來到Villa・Rosa笹塚時，位於公寓樓梯底下的真奧，正在夕陽照耀街道最後的餘暉中燒著麻桿，並茫然地盯著產生的灰煙。

「妳也稍微研究一下日本的事吧，這個叫做送魂火啦。」

「送魂火。哼……你燒這個要幹嘛啊？」

「……這是為了送透過迎魂火而來的祖先靈魂回到那個世界。雖然原本是用來做為盂蘭盆節的收尾，但就算稍微晚了一點也無所謂吧。」

此時真奧深深地嘆了口氣。

惠美在視野的角落看見真奧無力垂下的手上，還拿著真奧、阿拉斯・拉瑪斯以及惠美三人一起拍的照片跟卡片。

「畢竟阿拉斯・拉瑪斯是乘著迎魂火來的啊……那東西，到最後也是白買了。結果一次都還沒用過。」

真奧看向杜拉罕二號，在夏日夕陽的白色陽光之下，黃色的塑膠兒童座椅正反射著光芒。

伴隨著夏天黃昏時吹起的微風，煙霧開始往天空中散去。

「我今天沒力氣陪妳說話。妳走吧。」

「真過分呢。不過，今天我來這裡是有事想問你。請你好好地回答吧。」

「……」

真奧一臉不耐煩地低頭不語，於是惠美便繼續說道：

「旅人從天使那裡拿到護身符當上國王之後，發生了什麼事？」

「唔……」

真奧垂下臉，發出輕微的呻吟。

「我想拿來參考一下。如果有什麼設定，可以告訴我嗎？」

「我知道了，妳是為了欺負我才跑來的吧。」

「沒錯。明明是個魔王，居然還那麼沮喪，你就當我是來笑你的好了。」

「勇者跟天使這些傢伙真的是一個比一個還要陰險呢。」

「還比不上惡魔呢。」

千穗不發一語，靜觀事情的發展。

原本以為真奧會生起氣來，但在沉默了一會兒之後，他便低聲嘟囔道：

「……旅人當上國王後便忘了護身符的存在。幾經波折，在旅人變得跟以前一樣窮困後的某一天，護身符突然又再度出現在他的面前，雖然旅人下定決心這次要好好地珍惜護身符，但或許是當國王時做了太多壞事，護身符最後還是被別人給搶走了。」

「哼，原來如此。不過這麼一來，旅人總算想起護身符對他來說很重要了呢。」

「……那又怎麼樣。」

真奧用凶狠的眼神抬頭瞪向惠美。

但惠美不知為何收起了剛才看扁真奧的樣子，有些臉紅地避開了真奧的視線。

「……啊？」

真奧因為惠美的態度而察覺到不對。

「那麼，這次旅人一定會好好珍惜護身符了吧。妳覺得呢？」

「我也這麼覺得。」

千穗首度出聲。

「你們兩個到底在搞什麼鬼啊……」

明顯另有所圖的惠美與千穗的態度讓真奧感到十分可疑。

「唉，雖然我不曉得旅人的寶物是什麼，但既然都說到這個份上了，應該是非常重要的東西吧？」

惠美迅速地伸出散發淡淡微光的右手。

「這樣你應該稍微能理解失去重要的東西是什麼感覺了吧？若是知道了，這次就要好好珍惜喔。」

真奧面前突然出現了微小的奇蹟。

「爸爸！」

一看見降落在送魂火前面、彷彿從火堆中跑出來的嬌小女孩，打從心底感到驚訝的真奧驚慌失措地睜大了眼睛僵在原地。

「阿拉斯……拉瑪斯……這到底是，喂，這是……」

真奧搖搖晃晃地站起身，拿在手上的照片也不自覺地掉了下來。

照理說應該已經不在了的阿拉斯・拉瑪斯見狀——

「爸爸，不行！掉下去會髒掉！」

便快速地撿起照片抱在胸前。

「喂、喂，真的是妳，真的是阿拉斯・拉瑪斯嗎？」

阿拉斯・拉瑪斯跪在地上抱著照片，真奧則是不斷地拍著她的頭、臉跟肩膀確認。

「爸爸，討厭啦，癢癢。」

看來「好癢」這個詞對她來說似乎還太難了一點。

阿拉斯・拉瑪斯露出像小狗般的反應笑出聲來，並用單手抓住真奧的手掌。

「……唉，事情就是這樣。」

就連惠美說的話都傳不進真奧的耳朵裡面。

「原、原來如此，她沒被人帶走啊……」

「我本來想讓你再多嘗點苦頭。但阿拉斯．拉瑪斯一直說想見爸爸，而且我也不想因為做出跟你一樣的事，而害自己墮落到跟惡魔同等級，於是就把她帶來了。感謝我………喂！」

惠美接連說著聽起來像是藉口的話，但卻因為見到超乎想像的東西而確實慌了起來。

「你、你在哭嗎？」

「啊？咦？啊？」

經人這麼一說，真奧用手摸了一下自己的臉頰。真奧流下了打從以為自己會失去性命的那一天起，就再也沒流過的眼淚。

「什、什麼啦，虧你還是魔王，哭什麼哭啊！喂，這樣很蠢耶！別鬧了啦！」

因為真奧的反應而狼狽不堪、不曉得該如何是好的惠美，只好決定先罵了再說。

「爸爸，會痛嗎？會痛嗎？」

同樣發現真奧眼淚的阿拉斯．拉瑪斯，這才以快哭出來似的表情抬頭看向真奧。

「哎呀，這是那個啦，嗯，該怎麼說，有點類似意外，那個……」

真奧也以自己的方式拚命地找藉口，想掩飾自己的眼淚。

「真奧哥因為阿拉斯．拉瑪斯回來了，所以很高興呢。」

但千穗的微笑，已經足以表達真奧的一切。

「人在高興時，是會流眼淚的對吧。」

真奧啞口無言地看著千穗。

「又多了解到一件，關於這世界的事了嗎？」

「小千姊姊，爸爸沒事吧？不會痛嗎？」

千穗摸著向自己哭訴的阿拉斯．拉瑪斯頭部。

「放心吧。爸爸只是因為見到阿拉斯．拉瑪斯太高興了。」

「我、我才沒哭！」

這時候，真奧倏地憤而起身，大聲宣言。

「誰、誰哭了啊！我、我本來就知道喔！我、我可是這孩子的爸爸耶！就連加百列跟天兵大隊逃跑的事情，我也早就知道了！」

說著連這年頭的小學生都不太會用的逞強臺詞──

「哇噗！」

真奧粗魯地抱起了阿拉斯．拉瑪斯。

「今、今天甚至還有準備阿拉斯．拉瑪斯的飯呢！喂！蘆屋、鈴乃！吃飯！要吃飯囉！」

說完後，真奧連送魂火的火堆都還沒處理，就直接跑上了樓梯。

「……能逞強到這種程度，也稱得上是了不起了。不過吃飯，是要在那個房間裡吃嗎？」

「好像只有用餐時，會暫時移動到鈴乃小姐的房間喔？真奧哥還逞強地說因為現在是夏天，晚上時睡起來反而變涼了呢。」

「還真像那傢伙會說的話。」

惠美苦笑，抬頭仰望Villa・Rosa笹塚的二樓。

惠美不得不承認，在見到了符合自己所熟悉的「真奧」反應後，內心的某處確實因此感到了放心。

圍繞著「進化聖劍・單翼」的謎團愈來愈多，而且也不曉得這跟真奧和加百列所提到的「大魔王撒旦」到底有什麼關係。

樓上立刻就傳出蘆屋等人驚訝地吵成一團的聲音。

「不過……發生了這麼大的事件，居然都沒有人報警啊。」

「這麼說也對……不過，雖然最後吸引了不少人的目光，但畢竟這棟公寓原本就很老舊……而且警察來了也會很麻煩，這樣不是也很好嗎？」

「說的也是，反正阿拉斯・拉瑪斯暫時也得由我來照顧，根本就沒什麼好擔心的。」

「媽媽！小千姊姊！吃飯！吃飯囉！」

「喂，阿拉斯．拉瑪斯！這樣很危險！會跟媽媽一樣跌下去喔！」

阿拉斯．拉瑪斯衝到二樓樓梯前呼喚惠美跟千穗。跟著走出來的真奧則是從後面一把抱住了她。

「喂，上來吃吧。飯是鈴乃做的，所以我們不會搞鬼啦。」

「……怎麼辦？」

「既然都被迫當人家的媽媽了，當然得好好地注意她的飲食狀況啊。」

惠美說完後，便非常小心地走上了樓梯。

惠美感覺到千穗正苦笑地跟在自己後面。看來對方完全看穿自己是在逞強了。

直到現在，惠美依然無法理解加百列最後說的那些話是什麼意思。但為了讓全世界的人都能像現在這樣和平地享用晚餐，身為勇者的自己絕對不能走上錯誤的道路。

至少惠美現在是這麼認為的。

Tokyo Big Egg Town

※

「那孩子跟艾米莉亞的聖劍融合了？」

「沒錯，就是這樣！事情真的是糟透了！」

「那還真是不得了。話說回來，比起這件事，我覺得差不多該去對我的女神提出邀約了，你覺得怎麼樣？」

「啊，稍微期待能從你身上得到建言的我真是個笨蛋！」

「別那麼生氣嘛。不過既然連我的『墮天邪眼光』都沒用，那就完全沒輒啦，我想我應該是幫不上你的忙。」

「你這個人真的很沒用耶！」

「不過，身為『基礎』的阿拉斯．拉瑪斯居然跟『進化聖劍．單翼』融合了，這樣不是很不妙嗎？」

「所以我不是說我很困擾嗎？我就是因此才會那麼煩惱吧？不然我怎麼會來找你商量呢！我說啊，你也稍微有點危機意識嘛！現在不是對女人著迷的時候吧！」

「拿女人沒辦法這點我們彼此彼此吧，總覺得從你身上能感覺到一股莫名的親近感呢。」

「糟糕，我好想揍這傢伙！」

「別這麼激動嘛。怎麼樣，你不覺得她很漂亮嗎？這是她以前上餐墊紙廣告時的照片。在哇虎拍賣可是要價五千圓呢。」

「看招！」

「唔啊！」

「我不是叫你要有點危機意識嗎？」

「居然不懂這東西的價值……真是的……不過，艾米莉亞是在不知情的狀況下讓『阿拉斯．拉瑪斯』跟『進化聖劍．單翼』融合的吧？」

「大概吧！那又怎麼樣？」

深夜，在已經關店的肯特基炸雞店幡之谷站前店二樓，大天使沙利葉吃著冷掉的薯條跟雞翅膀，對慌張的加百列說道：

「那麼只要能壓制另一隻『翅膀』，不就能避免最糟糕的狀況了嗎？」

「……也對。不過另一方到底是在哪裡呢……」

「哼！像你這種不懂情理的傢伙應該無法理解吧，你不覺得自己應該多學習一些關於男女情愛的事情嗎？」

「…………」

「別握拳，別靜靜地握拳啦！稍微冷靜思考一下就知道了吧！」

「誰？不好意思，我一點頭緒也沒有！而且雖然你說得那麼了不起，但我從來沒聽說你的戀情有實現過耶？」

「呵呵呵，那些全都只是為了能在這次攻陷我的女神，所做的預備演習罷了……啊噗！」

加百列突如其來地賞了沙利葉一巴掌。

「你也設身處地替每次都幫你處理爛攤子的我想想吧！」

「對、對不起！對不起啦！我明天還要上班，拜託別打臉啊！」

「上什麼班啊……你也稍微認清一下自己的立場吧。雖然奪回聖劍這項任務是為了彌補我的失誤，所以最終責任還是在我身上，但若被人發現你之所以沒完成任務是為了追女孩子，你就死定了喔？你想變得跟那傢伙一樣嗎？」

加百列不耐煩地說道，半邊臉頰腫起來的沙利葉則是不屑地回答：

「若沒有與神或全世界為敵的覺悟，要怎麼貫徹自己的愛情呢！」

「真不曉得你究竟認真到什麼程度……然後呢？你說只要多學習一些關於男女情愛的事情就能推測出另一片翅膀的擁有者吧，那傢伙是誰？」

「你想想，原本將『基礎』質點帶出去的人是誰？只要考慮到這點，答案自然而然就出來了吧。」

沙利葉一邊露出大膽的笑容，一邊搗著臉說道。

「那個人將其中一片翅膀託付給了女兒。既然如此，那麼另一片翅膀的託付對象不就可想而知了嗎？」

沙利葉在晃著吃剩下的雞翅膀骨頭，並同時說道：

「諾爾德·尤斯提納。也就是艾米莉亞的父親。」

—完—

作者，後記 — AND YOU —

一個人搭摩天輪時，感覺比想像中要來得寬敞。

雖然也一個人拍了照片，但洗出來的相片上卻出現了一位不認識的大叔。這是誰啊？真不想知道他到底是不是作者。

若您在都內某處搭摩天輪時，看見座艙內有一隻戴著紅色眼鏡的秋刀魚跳來跳去，那一定就是作者所遺留下來的思念。請跟牠一起享受空中之旅吧。

這次環繞著魔王與勇者的鬧劇，是以「育兒」這個主題來展開。

因此有件事情想先跟各位讀者報告一下。

在撰寫本書時，我讀了許多的育兒書籍、向從事照顧小孩子工作的人們取材，並逛了許多網路上的育兒問答網站。

當時我才第一次知道，原來在不同的世代與個人間，每個人所認為的正確育兒方式都大不相同。

例如飲食內容、使用的輔助器具或是利用的醫藥品等，在所有方面，各世代、地區以及個人都存在著各式各樣的意見，雖然由像我這種完全沒有育兒經驗、獨自一人去搭摩天輪的單身男性這麼說也有點奇怪，但我真的強烈地感受到即便育兒有比較好的方式，也絕對沒有所謂最好的方式。

全世界有多少個小孩，就有多少種的育兒方法，因此出現在本書中與育兒有關的場景，也只不過是其中一例罷了。

雖然我想應該不會有人將本書當成育兒指南書來使用，但還是請家裡有嬰幼兒的讀者，在飲食方面要特別妥善地為每一位兒童選擇最適合的東西。

另外本書雖然有出現對購買藥店防曬用品表示否定見解的場景，但在藥劑師適當地指導之下所購買的防曬用品，則不在此限。

關於中暑對策，也有許多光靠生手的緊急處置無法應付的場合。

為了小孩子的身心健康著想，還請各位千萬要根據狀況做出妥善的判斷，來決定如何利用醫藥品與進行救護活動。

而這次的劇情，是一群至今與育兒完全無緣的傢伙們拚命努力，偶爾感到無力，但依然繼續努力生活下去的故事。

承蒙各位讀者的好意以及相關人士的努力，才能在此為您呈獻《打工吧！魔王大人》第三集。

幸好難得這集作者不用因為作品中角色口出惡言，而必須向其他人道歉。

只出版三本書的第一年作家生活，竟然就能得到讓作品漫畫化的機會，真的只能說是不勝喜悅。（註：以上為日本方面的情況）

若各位能溫柔地觀望在漫畫世界中過著更加節儉生活的魔王與勇者們，那就是萬幸了。

那麼，我們下一集再見吧。

在《打工吧！魔王大人》的第三集，終於首次得到了在後記登場的機會。
我是寫做０２９，念做「ＯＮＩＫＵ（註：０２９的羅馬拼音）」的０２９。

雖然書腰上也有提到，但魔王大人終於要漫畫化了。
當初聽編輯提到這件事時，真的是讓我嚇了一跳，
但這同時也讓我感到非常高興。
居然能透過其他人的手替角色注入生命，
實在是讓人高興得不得了……！真令人期待後續的消息。
話說回來，儘管新角色陸續登場，但房東太太卻一直沒回來呢……！
下次再好好逼問和ヶ原老師好了（笑）。

那麼，我們第四集再見吧。

《打工吧！魔王大人3》
特別企劃附錄

→試著計算看看如何？by鈴乃

履歷表 怎樣啦……by惠美

→哎、哎呀，這就有點……by真奧

拼 音	
姓 名	阿拉斯・拉瑪斯 代筆・真奧
年 月 日 生（滿 歲） 性別	
地 址	真奧哥，到底是什麼時候啦！by千穗 一歲左右 代筆・千穗 東京都澀谷區笹塚X-X-X Villa・Rosa笹塚201號室 代筆・真奧
電 話	還是幫她買支兒童用手機會比較好吧 by蘆屋

年	月	學歷・工作經歷
		目標東大！by真奧
		由你來說的話，真不曉得這個夢想算大還是算小呢 by惠美
這是在畫爸爸跟媽媽吧 by千穗		
不，看起來似乎是艾謝爾跟路西菲爾呢 by鈴乃		
!? by千穗		
我才不會覺得不甘心呢 by真奧		
又沒人在問你 by惠美		

執照	小娃娃、大家的偶像 by千穗 ←執照……？by鈴乃				
特殊技能・嗜好	可愛 by千穗				
面試動機	尋找父親 by鈴乃 ←這未免太奇怪了吧 by真奧				
本人希望欄	一家和樂 by鈴乃				
通勤時間	跟我一樣	有無撫養親屬		監護人姓名	真奧貞夫、遊佐惠美 by鈴乃

↑ by漆原

關於這點你都不覺得怎麼樣嗎 by蘆屋

唔……好好喔 by千穗

←喂 by惠美

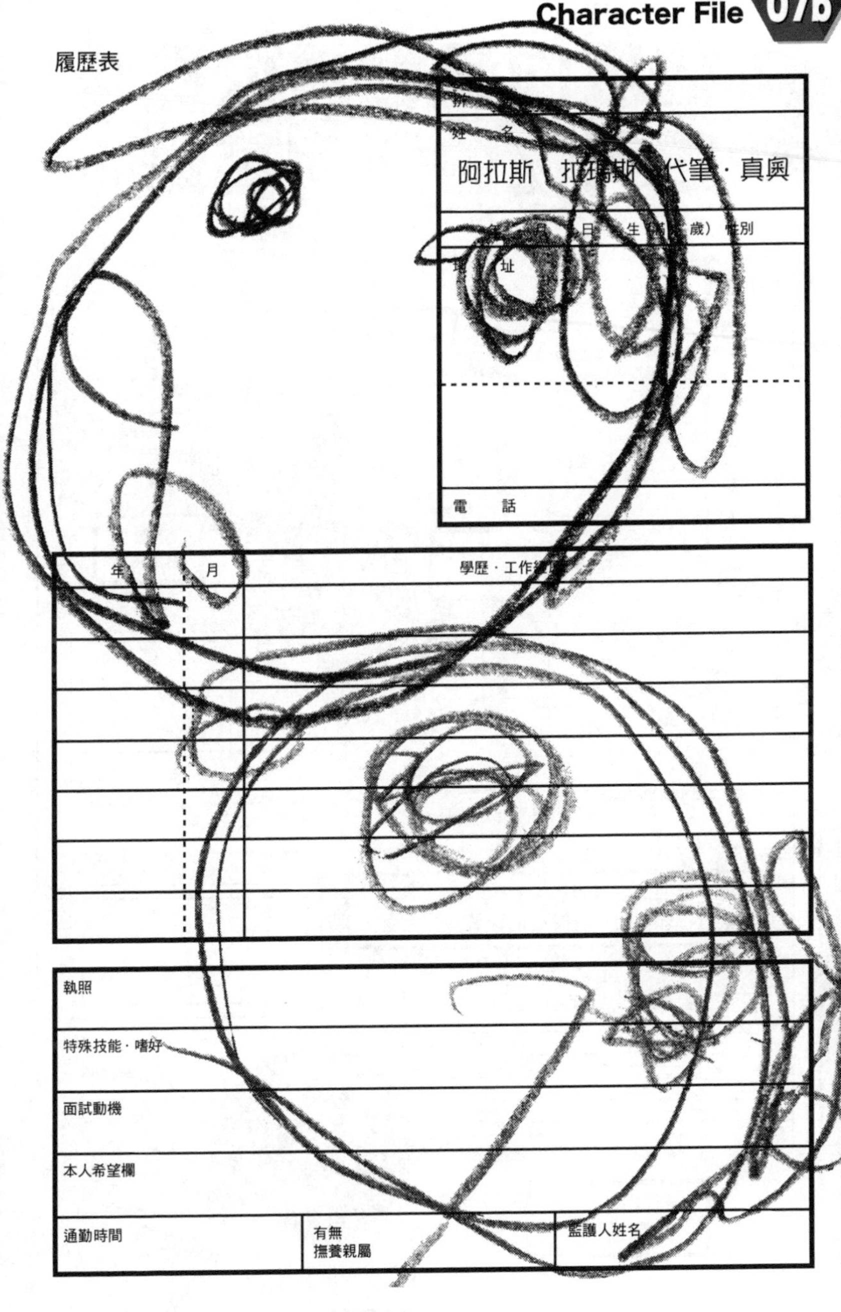

履歷表

拼	
姓　名	阿拉斯・拉瑪斯・代筆・真奧
年　月　日生（滿　歲）	性別
地　址	
電　話	

年	月	學歷・工作經

執照		
特殊技能・嗜好		
面試動機		
本人希望欄		
通勤時間	有無撫養親屬	監護人姓名

這裡是 首度向全世界公開！墮天使的祕密基地！

（壁櫥）

瞞著蘆屋偷偷在密林買的小型電風扇。

瞞著蘆屋偷偷買的LED燈，
不會熱。吊在頂端。

吃飯的時候叫我。

點心跟筆記型電腦配件。

尼特族墮天使的固定位置。

亂七八糟的電源線。

筆記型電腦。

魔王城的寢具跟衣物。
最近不知為何常有點心的碎屑掉在上面。

漆原，你給我適可而止！

打開兩側的拉門通風。

生氣的蘆屋。

國家圖書館出版品預行編目資料

打工吧!魔王大人 / 和ヶ原聡司作 ; 夜隱,李文軒譯.
—— 初版. —— 臺北市：
臺灣國際角川, 2011.11— 冊； 公分
——(Kadokawa fantastic novels) ——

譯自：はたらく魔王さま!
ISBN 978-986-287-462-2（第1冊：平裝）
ISBN 978-986-287-693-0（第2冊：平裝）
ISBN 978-986-287-819-4（第3冊：平裝）

861.57 100020330

Kadokawa
Fantastic
Novels

打工吧！魔王大人 3

（原著名：はたらく魔王さま！3）

2012年7月27日 初版第1刷發行
2014年3月18日 初版第5刷發行

作　　者：和ヶ原聡司
插　　畫：029
日版設計：木村デザイン・ラボ
譯　　者：李文軒

發 行 人：塚本進
總　　監：施性吉
副總編輯：蔡佩芬
主　　編：吳欣怡
文字編輯：黎夢萍
美術副總編：黃珮君
美術主編：許景舜
美術編輯：蕭毓潔
印　　務：李明修（主任）、張加恩、黎宇凡、張則蝶
發 行 所：台灣角川股份有限公司
地　　址：105台北市光復北路11巷44號5樓
電　　話：（02）2747-2433
傳　　真：（02）2747-2558
網　　址：http://www.kadokawa.com.tw
劃撥帳戶：台灣角川股份有限公司
劃撥帳號：19487412
法律顧問：寰瀛法律事務所
製　　版：尚騰製版印刷有限公司
ＩＳＢＮ：978-986-287-819-4

香港代理：香港角川有限公司
地　　址：香港新界葵涌興芳路223號
新都會廣場第2座17樓 1701-02A室
電　　話：（852）3653-2804

※本書如有破損、裝訂錯誤，請寄回當地出版社或代理商更換。